Be

Alvast veel [illegible]!!

[illegible]

je [illegible]!!

[illegible]

Omslagontwerp:	Erik de Bruin, www.varwigdesign.com Hengelo
Lay-out:	Christine Bruggink, www.varwigdesign.com
Druk:	Grafistar Lichtenvoorde

ISBN 978-90-8660-290-2

Postbus 30227
6803 AE Arnhem
www.ellessy.nl

MISDAADROMAN

De Minerva Moord

Agathe Wurth

ELLESSY CRIME

voor
Michiel en Alexander
allebei onmisbaar

met dank aan:

Arno van Dijk, redacteur
en favoriete Brabander

De vrienden en vriendinnen
van het trouwe schrijverskluppie
Anne Marie
Arnoud
Gerard
Jan
Richard
San
Sione
Toon

Hoofdstuk I

Alfred Verschoor schonk nog een glas port voor zich in en zag dat het likeurglaasje van zijn vrouw Emma nog halfvol was. De regen sloeg in vlagen tegen de ruiten en de takken van de notenboom schuurden met een akelig krassend geluid, als van een krijtje over het schoolbord, langs de grote ramen van de verbouwde boerderij. De eerste herfststorm maakte voorgoed een einde aan de mooie nazomer. Hij keek naar de hond die uitgestrekt voor de open haard net deed of hij sliep, maar kleine bewegingen van zijn harige wenkbrauwen verraadden hem. Hij opende één oog en volgde daarmee de bewegingen van zijn baas. Het was duidelijk dat geen van beiden zin had in het laatste avondwandelingetje. Emma zat diep in de grote leren stoel, haar benen onder zich getrokken, een spannende thriller te lezen. Ze keek op en glimlachte toen ze zag dat hij staande een grote slok van zijn port nam.
'Hondenweer,' zei ze, 'blijf nog maar even binnen. Het is toch nog vroeg?'
Hij drong met moeite de opwelling terug om naast haar in de grote stoel te gaan zitten en langzaam een voor een de parelmoeren knoopjes van haar bloesje los te maken. Ze raadde zoals altijd zijn gedachten.
'Liefje, eerst die hond, anders komt er niets meer van. Doe je kaplaarzen aan en neem een grote lantaarn mee. Het lijkt net even iets minder hard te regenen. Ik wacht op je.'
Hij knikte en zuchtte. De ruwharige teckel rekte zich, gaapte en volgde hem gedwee naar de gang.
Dat was het laatste wat Emma van haar man Alfred Verschoor en hun hond Paddy in levende lijve zou zien.

***

Robert van Hout lag onderuitgezakt in de grote Minerva die hij van zijn grootmoeder had geërfd en sindsdien zelf tot in de puntjes gerestaureerd had. Hij en zijn vrouw Céleste hadden feestelijk gedineerd met vrienden. Hij had te veel gedronken en Céleste had tevoren edelmoedig aangeboden maar één glaasje champagne te drinken en veel Spa blauw, zodat zij die avond terug kon rijden.
'Céleste, schat. Waarom heb je zo'n haast?'
'Je weet best dat ik niet kan wachten om zo meteen zeer persoonlijk met je te vieren dat het manuscript van je boek geaccepteerd is door de uitgever.' Ze trapte het gaspedaal wat dieper in. Roberts linkerhand gleed liefkozend omhoog over haar dijbeen.
'Niet doen, Robert, even niet. Ik moet mijn aandacht op de weg houden. Ik ken het hier niet en het is hier slecht verlicht. Waarom heb je mij met dit noodweer zo'n kloteweggetje opgestuurd?'
Hij nam zijn hand niet terug.
'Het is een shortcut, ik fietste hier vroeger altijd naar school. We zijn zo bij de A73. Aan het einde van deze weg bij de splitsing moet je rechtsaf. Dan zie je in de verte de stoplichten. Daar ga je linksaf naar de oprit van de A73 richting Nijmegen en dan weet je het verder wel naar huis.'
Hij schoot overeind.
'PAS OP!! Een scherpe bocht!'
Ze remde uit alle macht, gaf te laat een ruk aan het stuur naar rechts, en slaagde er maar net in de zware 8-cylinder onder controle te houden. Robert zag de bomen akelig dicht langs zijn raam voorbijschieten, vóór de banden in de tegenoverliggende berm weer grip kregen. Op dat moment dook een donkere schaduw op in het licht van de koplampen. Er volgde een klap en ze voelden allebei dat ze ergens overheen reden. De Minerva had inmiddels zijn snelheid verloren en Céleste bracht de auto tot stilstand. Ze keken elkaar dodelijk

verschrikt aan. Robert was de eerste die weer tot zijn positieven kwam en meteen broodnuchter was.
'Blijf zitten. Ik ga even kijken wat we geraakt hebben. Achter jouw stoel ligt een zakje met gereedschap, daar zit een zaklantaarn in.'
Robert nam de zaklantaarn van zijn vrouw over, stapte uit en wurmde zich met tegenzin in zijn regenjas, waarbij hij niet kon verhinderen dat zijn nieuwe maatpak behoorlijk nat werd. Hij liep een paar meter terug. Het licht van zijn lantaarn bleef rusten op een donkere massa. Die niet bewoog. Het leek te groot voor een dood dier. Iets verderop zag hij op de weg het zwakke schijnsel van een staaflantaarn die kennelijk weggerold was. Céleste was inmiddels toch uitgestapt en kwam naast hem staan. De regen scheen haar niet te deren, want ze had niet de moeite genomen haar poncho te pakken. Haar hoge hakken werden vastgezogen in de modder. Ze begreep onmiddellijk wat er gebeurd was en begon met grote uithalen te huilen.
'Grote God, Robert, we hebben iemand aangereden! Wat moeten we doen?'
Hij legde zijn arm om haar schouder en probeerde haar te kalmeren. Toen dat niet meteen lukte, verloor ook hij zijn zelfbeheersing en schudde haar door elkaar.
'Hou je kop, Céles! We moeten iets doen, kijken hoe erg hij gewond is. Hem naar het ziekenhuis brengen, hem reanimeren als dat nog kan, iets dergelijks.' En zachtjes tot zichzelf: 'En anders maken dat we wegkomen.' Hij liet haar los en bukte zich om de bewegingloze gedaante beter te bekijken. De man of vrouw lag met gespreide armen en benen languit voorover, in het modderige gras. Er was verder niet veel te zien. Een stevig postuur, waarschijnlijk van een man. Hij droeg een lange legerregenjas met capuchon. De modderige afdrukken van een achterband van de Minerva waren duidelijk op de jas te onderscheiden. Robert draaide het lichaam

voorzichtig om. Hij keek in het gehavende gezicht van een man. Niet jong. Gesloten ogen. Waar zijn neus had gezeten een bloederige massa, vermengd met modder. Er stroomde bloed uit een grote wond aan zijn linkerslaap. Hij was blijkbaar met zijn hoofd op een grote steen terechtgekomen. Zijn benen waren op een onnatuurlijke manier meegedraaid. Het was duidelijk dat hij dood was. Er kwam opeens een hondje uit de struiken naast de weg aangerend. Hij likte even met een lange tong het gezicht van de man, hief toen zijn kop en begon hartverscheurend te janken. Robert liep kokhalzend weg en gaf over in het gras van de berm. Daarna draaide hij het lichaam terug in de toestand waarin hij hem gevonden had, met zijn hoofd op de bloederige steen. Céleste was inmiddels wat gekalmeerd en tilde, nog steeds huilend, het jammerende hondje op.

'Oh wat zielig. Robert, zullen we hem meenemen?'

Robert pakte haar ongeduldig bij haar arm en probeerde haar weg te trekken. Hij snauwde haar toe: 'Ik heb wel iets anders om mij zorgen over te maken! We moeten hier weg. Voordat er iemand langskomt en ons ziet. Vlug. Naar de auto!'

Hij liet Céleste staan, die worstelde om haar schoenen uit de modder los te trekken. Zelf liep hij om de auto heen om de schade op te nemen. Die viel mee. Het zware plaatijzer van het linkervoorspatbord was licht verbogen en de linkerkoplamp vóór op de grill stond een beetje scheef, maar was niet beschadigd. Hij bescheen de weg en de berm rondom de auto om te zien of er misschien iets losgeraakt was door de klap, maar vond niets. Céleste was bij de auto blijven staan.

'En die man dan?'

'Daar is niets meer aan te doen. Kom nou.'

Ze had nog steeds de hond vast.

'En de hond?' zeurde ze. 'Misschien woonde die man wel alleen. Ik wil niet dat dit hondje gaat zwerven. Het is mijn schuld dat dit gebeurd is!'

Hij hoorde hoe schril haar stem klonk en besefte dat ze op het punt stond in te storten. Niet het juiste moment voor onderhandelingen dus.
'Neem dat beest maar mee. Schiet op!'
Robert ging achter het stuur van de Minerva zitten. Céleste pakte haar poncho achter uit de auto en wikkelde zichzelf en de natte hond erin. Klappertandend ging ze naast Robert zitten, het hondje op haar schoot. Zonder nog om te kijken reed hij snel weg van de onheilsplek en bereikte zonder een enkele andere weggebruiker tegen te komen de A73. In een half uurtje waren ze thuis. De regen was inmiddels opgehouden, maar het waaide nog flink. Hij hielp zijn vrouw met hond uit de auto. Ze bleven staan naast de auto, waarvan hij de motor had laten draaien.
'Céles, ik rijd de Minerva meteen naar de stalling bij de kliniek en kijk of ik iets aan dat spatbord en de koplamp kan doen. Ik heb gelukkig nog een koplampglas in reserve, maar geloof niet dat ik die nodig zal hebben. Ik zorg dat niemand ons in verband met die aanrijding kan brengen. Wacht maar niet op me, ik ben daar wel een paar uur zoet mee. Denk ondertussen wat we met die hond aan moeten. Verzin maar iets, dat hij van je tante is, ofzo. Weet ik veel. Tot straks.'
Hij maakte aanstalten om weer in te stappen. Céleste liep wankelend naar de voordeur, de teckel nog in haar armen. Ze kon maar met moeite de huissleutel in het slot krijgen. Robert keek vanaf de straat toe en kreeg medelijden met haar. Ze zag eruit als een verzopen kat. Wat was er over van de mooie vrolijke vrouw waarmee hij eerder die avond met vrienden gevierd had dat zijn boek zou worden gepubliceerd en misschien wel zou worden verfilmd? Het lange blonde haar hing in natte slierten tot op haar schouders, haar doornatte jurk kleefde aan haar lichaam, dat op dit moment niets verleidelijks meer voor hem had. Toen hij zag hoe verloren ze in de deuropening stond en hoe haar lip trilde, liep hij

vlug naar haar toe en sloeg zijn armen om haar heen, wat een verontwaardigd kefje van het hondje dat in de verdrukking kwam tot gevolg had. Hij fluisterde zachtjes met zijn mond op haar oor: 'Tot zo, schat. Het spijt me ontzettend wat er gebeurd is. Het is helemaal mijn schuld, ik had niet zoveel moeten drinken. Dan had jij niet hoeven te rijden. Het is zo stom van me, ik kende dat weggetje als mijn broekzak. Het is echt allemaal mijn schuld.'
Hij liet haar los. 'We praten er straks in bed nog wel over, maar nu MOET ik eerst voor alle zekerheid iets aan de auto doen. Ik kom terug met de BMW. Wacht niet op me.'
Na een snel kusje op haar betraande wang liep hij terug naar de auto en reed weg, net als anders iets sneller dan toegestaan was.

Hoofdstuk II

Ik werd zo meegesleept door het spannende verhaal dat ik aan het lezen was, dat ik pas zag dat het al half twaalf was toen ik opkeek om een slokje van mijn Grand Marnier te nemen. Waar waren Alfred en Paddy? Niks voor hen om in dit snertweer zo lang weg te blijven. Ik negeerde een opkomend gevoel van ongerustheid en liep naar de voordeur, in de verwachting een nat hondje op de stoep te zien zitten, met een mopperende echtgenoot ernaast die zijn sleutel vergeten was. Het buitenlicht boven de deur bescheen een stuk van de tuin en de oprit. Er was niets te zien. Het was doodstil. Geen ongeduldig geblaf van Paddy die binnengelaten wilde worden, geen voetstappen van een naderende Alfred. Zonder mij iets van de motregen aan te trekken liep ik fluitend en roepend naar de weg. Door een gordijn van fijne regendruppels kwam weinig licht van de ver uit elkaar staande ouderwetse straatlantarens. Ik tuurde de weg af, maar zag alleen de bladeren aan de bomen langs de kant van de weg bewegen. Ik stond helemaal alleen in de doodstille zwarte nacht. Ik probeerde mijzelf gerust te stellen. Alfred en Paddy moesten ongemerkt binnen zijn gekomen, terwijl ik zo verdiept was in de laatste thriller van Michael Connelly dat ik ze niet gehoord had. Want als Alfred onderweg iemand tegen was gekomen en was blijven staan om een praatje te maken, wat onwaarschijnlijk was in dit weer, dan zou Paddy er al lang genoeg van hebben gekregen en alleen naar huis gekomen zijn. Ik rende snel terug naar huis, keek in de bijkeuken, de keuken, de garage, in de onrealistische hoop daar natte laarzen, een regenjas, een op de grond gegooide vochtige hondenhanddoek te vinden. Vertwijfeld rukte ik deuren open van slaapkamers, de badkamer, zelfs van de WC en de garderobekast. Ik begreep dat ik buitenshuis moest gaan zoeken.

Maakte mijzelf wijs dat er niets aan de hand was. Alfred was even bij onze buren, de Janssens, gaan schuilen en wat langer blijven hangen. Nee, ze waren vast... Ik deed mijn kaplaarzen en lange regenjas aan, nam de grote pechlamp met handvat uit de kofferbak van de auto. Het vaste late-avondwandelrondje van Alfred en Paddy bestond uit eerst een klein stukje verharde weg en dan gingen ze rechtsaf het pad in dat zo'n 300 meter verderop langs het huis en de diepe tuin van de Janssens liep, om met een grote bocht een eindje voorbij ons eigen huis weer op de verharde weg uit te komen. Een wandelingetje van hoogstens tien minuten. Ik zag geen licht meer branden bij de buren.

Alfred lag in de berm langs de weg. Bijna thuis. Van Paddy geen spoor. Hij lag met zijn gezicht naar beneden in de modder. Zo stil. Zo koud. Zo eenzaam. Ik knielde naast hem neer en draaide hem met moeite om. Ik legde zijn hoofd voorzichtig in mijn schoot. Ik huilde. Terwijl ik de modder en het bloed van zijn gezicht veegde met mijn zakdoek praatte ik zachtjes met hem. Ik weet niet hoe lang. De tijd stond stil. Toen ik net zo koud was als hij legde ik zijn hoofd zachtjes op de zakdoek en stond op.

Ik belde lang aan en bonsde hard op de deur van mijn buren, de Janssens. Ik kende ze niet goed, want ze waren nog maar kortgeleden, na een eindeloze verbouwing van hun huis, naast ons komen wonen. Ik bleef hun naam roepen totdat de deur openging. Ik struikelde naar binnen en viel flauw in de pyama-armen van Coen Janssen. Zijn vrouw Mariët gaf me iets sterks te drinken en hij belde de politie en ook de huisarts uit het dorp vlakbij. Daarna kleedde Coen zich vlug aan en hij liep met mij en de inmiddels gearriveerde politieagenten naar de plaats waar Alfred lag. 'Het ziet ernaar uit dat het een hit-and-run-ongeval is,' zei een politieman zakelijk tegen een collega, die daar op zijn beurt in zijn gsm aan toevoegde:

'Dood veroorzaakt door zijn verwondingen of gestikt in de modder.' Ze opperden dat Paddy waarschijnlijk al of niet gewond in paniek het bos of het veld was ingevlucht. Ze zouden morgen bij daglicht naar hem gaan zoeken. Er kwamen al gauw meer politiemensen en rechercheurs. Ze liepen met hun modderschoenen in en uit en hielden niet op vragen te stellen.
'Hoe laat ontdekte u dat uw man niet thuisgekomen was?'
'Heeft u niets gehoord?'
'Dacht u meteen aan een ongeluk?'
'Had uw man vijanden?'
Het ging maar door. De rechercheur wilde mijn huissleutels hebben. Ik zei dat ik voor het geval dat Alfred ondertussen terug zou komen de voordeur niet op slot had gedaan toen ik het huis verliet om hem te zoeken. Ik vroeg hem waarom hij mijn huis in wilde.
'Om in de garage te kijken of een van de auto's vanavond nog gebruikt is.'
Ik keek hem vol ongeloof aan. Toen verloor ik het laatste restje zelfbeheersing en schreeuwde in zijn gezicht: 'Denkt u soms dat ik zelf mijn man heb doodgereden?'
'U heeft uw man omgedraaid en daarmee sporen uitgewist. U heeft de Plaats Delict besmet, mevrouw.'
Ik hoorde mijzelf huilen met gierende uithalen, maar kon niet ophouden. Een aardige politieman – ik ben zijn naam vergeten – nam de rechercheur even apart. Mariët Janssen sloeg haar armen om mij heen en wist mij ten slotte tot bedaren te brengen. De dokter gaf me een kalmeringsdrankje en een sterke slaappil.

***

Ik werd de volgende ochtend wakker in de logeerkamer van Mariët en Coen Janssen. Mijn broer Harold en Jeroen, zijn echtgenoot, waren er al en namen me mee naar mijn huis, waar ze geruisloos de leiding namen, de huilende huishoudelijke hulp Mientje kalmeerden, de telefoon aannamen en ongewenste belangstellenden resoluut de deur wezen. En vooral mij tegen de politie in bescherming namen. Ze regelden alles, zijn meegegaan om de kist uit te zoeken en de urn, de kaarten, de bloemen. De weinige zakelijke papieren die Fred mee naar huis had genomen waren al meteen opgehaald door zijn secretaresse, in tranen uiteraard. Er was verder niet zoveel af te wikkelen. Alfred had zelf met vooruitziende blik in verband met ons grote leeftijdsverschil jaren geleden al de belangrijkste zaken vastgelegd en met mij doorgenomen voor het geval hij als eerste zou komen te overlijden. Hij heeft mij wat je noemt goed verzorgd achtergelaten. Ik ben een weduwe in goede doen, zeggen ze. Alsof dat een troost is.

Hoofdstuk III

Robert van Hout haalde voorzichtig de goudbruine croissants uit de oven. Het was nog vroeg. Hij had een kloppende hoofdpijn. Na een slapeloze nacht moest hij zich haasten om op tijd in de kliniek te zijn. Maar eerst wilde hij Céleste verwennen met een ontbijt op bed. Ze was de avond ervoor erg van streek geweest en hij had haar een mild kalmerend drankje en een slaappil gegeven. Toen hij na de fatale rit de Minerva had weggebracht naar de garagebox op het terrein van de kliniek had hij haar bij thuiskomst nog steeds helemaal over haar toeren in bed aangetroffen. Ze had het hondje mee naar de slaapkamer genomen, het lag dicht tegen haar aan onder de dekens. Dat was niet de bedoeling. Het had hem moeite gekost haar ervan te overtuigen dat het beestje in de keuken hoorde te slapen. Hij had een geïmproviseerd bedje van een oude autoplaid en een veelgedragen trui van hemzelf voor het bange diertje gemaakt. Het was er met zijn staart tussen zijn poten op gaan liggen en liet zich gedwee toedekken. Toen hij die ochtend de keuken binnenkwam, lag het hondje onbeweeglijk nog precies zoals hij hem 's nachts had achtergelaten. Terwijl de oven opwarmde had hij het beest uitgelaten in de achtertuin, waar hij braaf zijn behoefte had gedaan. Hij was dus goddank zindelijk. Ze zouden hem een naam moeten geven en hondenvoer enzo moeten kopen. Hij schreef met grote letters *HONDENVOER* op het boodschappenleitje aan de muur. Daarna maakte hij een cappuccino voor zichzelf en zette een bakje water voor de teckel neer. Hij kon hem bij daglicht beter bekijken en moest bekennen dat het een mooi beestje was. Slimme oogjes onder borstelige wenkbrauwen, een grappig koppie met keurig getrimde snorbaard. Een vochtige zwarte neus aan het eind van een lange snuit. Nu hij opgedroogd was kon je

zien dat het ongetwijfeld een rashond was. Merk ruwharige teckel. Toen Robert naar de oven liep, waar inmiddels een heerlijke geur van de gebakken croissants uitkwam, was de hond hoopvol achter hem aangelopen. Robert bukte zich en sprak zijn nieuwe aanwinst toe: 'Aha, jouw liefde gaat dus ook via je maag. Je moet even wachten tot ze wat afgekoeld zijn, dan krijg je een stukje.' Bij het horen van zijn stem kwispelde het hondje aarzelend.
Op dat moment ging zijn gsm. Het geluid hield aan. Beantwoorden of niet? Het nummer kwam hem bekend voor. Hij schraapte zijn keel.
'Van Hout.'
'Goejemorgen, met Sybrand. Zijn jullie goed thuisgekomen gisteravond? Ik wilde je nog eens extra bedanken voor het heerlijke etentje.'
Robert jongleerde met zijn mobiel in zijn ene hand en een heet bakblik in de andere.
'Hé, mijn favoriete bevriende schrijver aan de lijn.'
Hij hoorde Sybrand lachen. 'Dat kan je nog wel eens vies tegenvallen als jij niet de Schaduwprijs voor het beste thrillerdebuut ontvangt en ik wel. Dan word ik veel beroemder dan jij. Want mijn boek is natuurlijk stukken beter.'
Robert brandde zijn vingers aan het gloeiend hete bakblik toen hij de croissants op een rooster probeerde te schuiven.
'Ik bel je ook om te vragen of je onderweg iets hebt gemerkt van het ongeluk. Heel Sint Anthonis is in rep en roer. Een bekende industrieel is vannacht doodgereden op de Zandkant, omstreeks de tijd dat jullie daar ook moeten hebben gereden. Het schijnt een heel gedoe geweest te zijn met felle lichten, politieauto's en een ambulance. Hebben jullie iets gezien?'
De croissants gleden van het rooster en vielen in kruimels op de tegels van de keukenvloer. Tot groot genoegen van de teckel, die er meteen hongerig bovenop dook.

Robert moest zijn keel schrapen voor hij kon antwoorden. 'Eh, nee... Céleste reed en ik heb half slapend naast haar gezeten en helemaal niet opgelet. Maar we hadden dat natuurlijk moeten zien als we daar gereden hadden. Waar is het gebeurd?'
'Halverwege de Zandkant. Die man liet daar vlak bij zijn huis zijn hond uit en de dader is doorgereden. Achteraf speet het Kathy en mij dat we jullie niet afgeraden hebben dat slecht verlichte weggetje te nemen met die regen. Het zal niet zo makkelijk voor Céles geweest zijn die grote auto door die onoverzichtelijke bochten te laveren. Chapeau! De weg is nog steeds afgezet voor het sporenonderzoek. Ik dacht: misschien iets voor je volgende boek!'
Robert slaagde erin een dun lachje voort te brengen. 'Goed idee, maar ik moet er nu als een haas vandoor. Naar de kliniek. Bedankt en groeten aan Kathy. Ik bel je nog.'
Hij sloot snel zijn mobiel af en vloekte hartgrondig terwijl hij zich krachteloos op een keukenstoel liet zakken. Het hondje deed zich op de grond tegoed aan de croissants waarmee hij zijn vrouw had willen verrassen.

***

De avond was zo goed begonnen. Céleste had zin om uit te gaan en stelde voor het goede nieuws over het succes van zijn eerste thriller samen met hun vrienden te vieren in restaurant Villa Bloemenhof in Sint Anthonis. Het was al een tijd geleden dat ze Sybrand en Kathy voor het laatst hadden gezien. De beide mannen waren al vanaf de lagere school bevriend, geboren en getogen in het Brabantse Sint Anthonis. Later studiegenoten in Maastricht en collega's. Beiden waren ook amateurthrillerschrijvers. Robert stond op het punt door te breken en Sybrand zat nog op succes te wachten. Hoewel hun levens lang parallel hadden gelopen, hadden ze

toch heel tegengestelde karakters. Dit had hun vriendschap nooit in de weg gestaan, eerder versterkt. Sybrand was de rustige, introverte en leergierige jongen geweest, die als wetenschapper verbonden aan de Radboud Universiteit van Nijmegen al heel jong Hoofd Pathologie was geworden. Robert, de flamboyante snelle levensgenieter, die graag het gezelschap van de mooiste studentes had opgezocht, was bezig een bliksemcarrière te maken als plastisch chirurg.
Sybrand trouwde al tijdens zijn studententijd met Kathy, het jeugdvriendinnetje uit zijn geboortedorp. Robert was nog maar een paar jaar getrouwd met het Belgische fotomodel Céleste en kwam zo terecht in de glamourwereld van mode en film. Céleste en hij hadden elkaar ontmoet tijdens het Concours d'élégance van de jaarlijkse bijeenkomst van Minerva-enthousiastelingen in Oostende. Céleste was omringd door fotografen en bewonderaars naar zijn glanzende donkerrode Minerva toegelopen. In haar voile zomerjurkje kwam haar figuur overtuigend goed uit, terwijl ze in een uitdagende pose tegen het reservewiel leunde dat met leren riemen tegen de zijkant van de auto was bevestigd. Met zijn gebruikelijke charme had Robert geprobeerd indruk op haar te maken, wat hopeloos mislukte. Ze flirtte met de fotografen die geen genoeg van haar kregen en schonk geen aandacht aan Robert. Tot hij om de Minerva heen liep, er in ging zitten en de motor startte. Hij opende uitnodigend het portier aan haar kant en vroeg of ze zin had in een ritje in zijn prachtige wagen. De machtige 8-cylinder motor van de Minerva zong. Op een terrasje hadden ze verse coquilles gegeten en later hand in hand op het verlaten strand naar de ondergaande zon gekeken. Haar groene ogen hadden hem betoverd. Ze waren niet meer naar de Minervameeting teruggegaan. De Minerva speelde een belangrijke rol in Roberts leven. Meestal een gelukkige rol, maar zou nu wel eens de oorzaak van zijn ondergang kunnen worden.

Roberts grootvader was een bijzondere man, die tijdens zijn leven enige beroemdheid in België had verworven nadat hij in 1930 bij de lancering van de Minerva 22CV de 'Marathon' van 2400 kilometer van Oostende naar Marseille en terug in 32 uur en 35 minuten had afgelegd. De Minerva was een statige auto, toegerust met een motor die was opgevoerd van de oorspronkelijke 80 pk naar 130 pk, wat een topsnelheid, met volle belasting van vier personen met bagage, van 140 km per uur opleverde. De wagen was altijd in de familie gebleven en Robert, het lievelingetje van zijn grootmoeder, had haar auto geërfd toen zij overleed.
Tot één dag voor haar dood had ze zich dagelijks deftig door haar chauffeur laten rondrijden. De auto was in perfecte staat toen Robert hem kreeg en hij spaarde tijd noch geld om te zorgen dat hij in die conditie bleef. Hij hield bijna evenveel van zijn auto als van zijn vrouw en beschouwde allebei als een kostbaar bezit. De Minerva gebruikte hij alleen voor speciale gelegenheden, of als hij een beetje wilde opvallen. Dan vereenzelvigde hij zichzelf met de prachtige auto. Een heel enkel keertje, als het hem goed uitkwam zoals die zondagavond, mocht Céleste er in rijden.

Het werd een kopje thee met een beschuitje met bramenjam voor Céleste. Met de hond op zijn hielen liep hij de slaapkamer in, waar Céleste nog lag te slapen. Robert maakte haar voorzichtig wakker en vertelde dat Sybrand had gebeld. Dat het hele dorp over het ongeluk sprak.
'Luister goed, Céles, wij zijn daar niet geweest. We hebben alsnog gewoon de provinciale weg genomen naar Mill. Heb je dat goed begrepen?'
'Wat bedoel je, wie zou dat willen weten, niemand heeft ons toch gezien?'
'Het kan zijn dat Sybrand of de mensen van het restaurant het over de Minerva gaan hebben en dat de politie komt kijken.

De kans is niet groot dat ze helemaal hier naartoe komen, maar je weet nooit. Ze zullen niets vinden. Ik heb het spatbord een beetje teruggebogen en de lamp rechtgezet. Ik ben expres door grote plassen gereden om eventueel zand van dat weggetje van de onderkant, de wielen en de spaken te spoelen. Ik heb de hele voorkant schoongemaakt. Er zijn echt geen sporen van de man of van onze aanwezigheid op de Zandkant achtergebleven. En niemand heeft ons gezien. Begrepen?'
'Ja. Ja... maar je laat me toch niet alleen?'
'Ik moet naar de kliniek, ik heb om half negen mijn eerste patiënte. We mogen geen argwaan wekken en moeten gewoon alles doen net als anders. Geef je hond een naam, neem hem mee en ga boodschappen doen in Nijmegen, of ga naar een vriendin. Bedenk maar iets gezelligs. O ja, koop dan meteen hondenvoer, een riem en een mandje voor hem.'
Hij keek in haar wijd open, bange ogen.
'Schatje, ik weet zeker dat niemand ons in verband met dat ongeluk brengt. Ik bel straks Sybrand om nog wat bijzonderheden te horen. Houd jij je er maar helemaal buiten, ook niet met Kathy bellen. Ik handel dit af. Maar echt, je hoeft niet bang te zijn, niemand heeft ons gezien, dus niemand kan ons ergens van beschuldigen. Er komt hoogstens over een paar dagen iemand van de politie langs voor een routineonderzoekje, gewoon omdat wij daar omstreeks die tijd in de buurt reden. Maar ze komen met lege handen van ons vandaan, dat bezweer ik je.'
Haar ogen vulden zich met tranen, het zag er niet naar uit dat hij haar voldoende gerust had gesteld.
Met een zucht bukte hij zich en tilde de teckel, die braaf met opgeheven kop had zitten wachten op wat komen zou, op het bed.
'Hier heb je eventjes je nieuwe vriendje, maar laat het geen gewoonte worden. Honden horen niet in bed,' kon hij niet nalaten eraan toe te voegen.

‘Céleste, meisje, ik moet nu gaan, ik ben al veel te laat. Blijf nog maar even liggen. Ik bel je rond lunchtijd. Je moet fikkie wel af en toe uitlaten.’
Hij bukte zich diep over het bed en kuste zijn vrouw op haar wang en schaamde zich dat hij zo gehaast was. Gelukkig had ze alleen maar aandacht voor de teckel, die meteen enthousiast in het dekbed begon te graven om een behaaglijk nestje voor zich te maken.

***

Robert maakte zijn excuses tegen zijn patiënte dat hij haar had laten wachten en begon dodelijk vermoeid aan zijn eerste correctieve operatie van die dag. Gelukkig een routineklusje om te beginnen: ooglidcorrecties voor een aantrekkelijke vrouw van middelbare leeftijd die hij voor even de illusie van eeuwige jeugd kon geven. Over vijf jaar zou hij haar ongetwijfeld weer onder handen moeten nemen. Daarna deed hij een liposuctie bij een veertienjarig meisje op verzoek van haar ouders, die het te veel moeite vonden een diëtiste in te schakelen en hun dochter vol bleven proppen met junkfood en chocola. Maar ja, business is business. Er leek geen einde te komen aan de ochtend. De vijfde operatie in een lange reeks van reconstructies en huidtransplantaties bij een jongen die bij een motorongeluk de helft van zijn gezicht was kwijtgeraakt vergde al zijn concentratie en een vaste hand. Pas tegen één uur kon hij Céleste bellen, maar kreeg geen gehoor. Hij nam aan dat ze de stad ingegaan was om de nodige dingen voor haar hondje in te slaan. Haar mobiel stond uit, lag natuurlijk vergeten op de keukentafel. Daarna belde hij met een bezwaard hart Sybrand terug. Robert zag dat de hand die de telefoon vastklemde trilde.
‘Ha Sybrand, is er al wat meer bekend over dat ongeluk van gisteravond?’

'Nou, niet veel. Ik ben er even langsgegaan om te kijken. Die man, Alfred Verschoor, liet gisteravond zijn hond uit en is toen aangereden en voor dood blijven liggen. De automobilist is doorgereden. Door die enorme regen gisteravond zullen er vast niet veel sporen achtergebleven zijn. Ze denken dat het ongeluk om een uur of elf is gebeurd.'
Robert had moeite zijn stem nonchalant te laten klinken: 'Ik neem aan dat de politie nog wel ter plaatse een onderzoek instelt?'
'Ja natuurlijk, de weg is afgezet en ze zijn daar al de hele ochtend bezig. Ik mocht niet dichterbij komen. Ze waren aan het meten en monsters aan het nemen. Vreselijk zielig, zijn vrouw, die Kathy tamelijk goed kent, heeft haar man zelf gevonden. De hond is nog zoek.'
'Jeetje, we moeten die auto op een haar na gemist hebben. We zijn niemand tegengekomen, zei Céleste.'
'Nee, hij kwam van dezelfde kant als jullie, dan moeten jullie net vóór hem hebben gereden. Geen hinderlijke koplampen in de achteruitkijkspiegel?'
'Niets, het was aardedonker, dat weet ik nog wel. Verder heb ik niet veel van de terugrit meegemaakt.'
'Nou, het kan zijn dat er toch nog van officiële zijde naar gevraagd wordt, de politie weet dat jullie daar omstreeks die tijd hebben gereden. Dat weten ze van de gastvrouw van Villa Bloemenhof die hoorde dat we het aan tafel over een alternatieve route hadden in verband met die afgesloten afslag en wegwerkzaamheden aan de N264. Je auto trekt nogal wat bekijks, dat weet je. Misschien heb je zonder het je te realiseren toch iets ongewoons gezien. Of Céleste.'
Robert deed zijn best haast ongeïnteresseerd te klinken: 'Ik merk het wel, Sybrand, ik houd je op de hoogte. Groetjes aan Kathy, we doen dit nog eens over, het was erg gezellig gisteravond.'
Het gesprek had hem nauwelijks opgelucht. Hij moest als een

haas Céleste duidelijk zien te maken dat ze niet mocht liegen over de route via Mill, maar gewoon moest toegeven dat ze via de Zandkant naar huis waren gereden en niets gezien hadden. Afijn, dat maakte het eigenlijk weer eenvoudiger.
Met op elkaar geklemde kaken kwam hij zijn kantoor uit en voelde de ogen van Lucy, zijn secretaresse, op zich gericht. Ze vroeg bezorgd: 'Voel je je wel goed? Je ziet erg bleek. Vanmorgen vroeg al. Zou je wel doorgaan vanmiddag? Volgens mij ben je ziek.'
Hij schudde zijn hoofd. 'Nee, iets verkeerds gegeten gisteren. Althans bij mij viel het niet goed, de anderen hebben nergens last van gehad. Ik ga denk ik straks wel wat vroeger naar huis. Kijk even of Hans en Jasper wat van mij over kunnen nemen, of misschien moeten we een of twee minder urgente behandelingen naar volgende week verplaatsen. Een dokter is ook maar een mens.'
Ondertussen werkten zijn hersens op topsnelheid: 'Ik moet naar Céleste. Kan zij dit wel aan? Wat als iemand vanuit een huis ons toch gezien heeft? De Minerva is zo herkenbaar. Kunnen we wel zeggen dat we helemaal niet over de Zandkant zijn gereden? En Sybrand dan? Ik heb net tegen hem gezegd dat we er gereden hebben, dus kan ik niet opeens met een ander verhaal komen. Zo van: goh, heb ik je niet verteld dat we helemaal niet die route genomen hebben, maar gewoon de provinciale weg? En nogmaals: kan mijn lieve eerlijke Céleste meeliegen? Jezus, wat moeten we doen? En hoe verklaren we de aanwezigheid van die rothond?'

***

Het huis was donker en stil. Hij liep meteen door naar de keuken, deed onderweg alle lichten aan. In de hal zag hij dat Céleste's mobiel nog aan de oplader lag en verzuchtte: 'Jeezus, Céles, wanneer word je eindelijk eens volwassen?'

Op de keukentafel lag een briefje. In Céleste's grote hanenpoten stond er:

Lieveke, ik kan er even helemaal niet tegen en ga een paar dagen naar maman.
Bel je me meteen als je thuis bent?
Ik heb Taxje meegenomen en koop in Antwerpen wel een mandje en de rest.
Ik hou van je,
Céles xxxxxxxxxxxxx

Hoofdstuk IV

Ik wilde de crematie in besloten kring laten plaatsvinden, maar de belangstelling was overweldigend. Niet alleen familie en vrienden van Alfred, maar ook veel zakenrelaties waren gekomen en er werden eindeloos veel lovende en meelevende woorden gesproken. Het ging mijn ene oor in en het andere uit. Ik zat onder de tranquillizers en huilde. Evelien, Freds eerste vrouw, en haar familie waar Fred op afstand bevriend mee was gebleven waren er ook. Evelien omhelsde me snikkend en even voelden we ons zusters. Alfreds veel oudere broer en zuster, die hem nooit echt vergeven hadden dat hij van Evelien gescheiden was en zo snel met mij was getrouwd, kwamen wegens gezondheidsproblemen gelukkig niet, maar schreven wel een condoleance en stuurden een bloemstuk. Van mijn kant was er niemand, behalve Harold en Jeroen natuurlijk. Ik heb verder geen familie. Daarvoor in de plaats kwam het voltallige personeel, geschokt meelevend. Het voelde bijna als familie. De meesten kenden mij natuurlijk al lang van de tijd voor ik Fred had leren kennen en op de R&D-afdeling had gewerkt. Het halve dorp kwam langs en ook de burgemeester kwam namens het gemeentebestuur condoleren. Ik onderging het oprechte medeleven in het dorp gelaten. Zelfs de slager en de monteurs van de garage, de postbode die de stapels brieven bezorgde met betuigingen van deelneming, vaak uit onverwachte hoek, allen gedroegen zich vriendelijk en betrokken. Na een paar maanden verloren de meeste mensen echter hun belangstelling voor mij. Ik kan ze geen ongelijk geven, ik toonde weinig interesse in mijn omgeving en kon alleen nog maar praten over wat mij was overkomen.

Ik heb dagenlang door de natte bossen en velden gelopen om Paddy te zoeken. Dorpsgenoten zochten mee. We floten en riepen zijn naam. We groeven konijnenholen uit. Rukten bosjes uit elkaar. We hebben hem niet gevonden. Als teckels hun einde voelen naderen begraven ze zich soms onder een dikke laag bladeren om te sterven. Paddy waarschijnlijk ook. Helemaal alleen. Net als zijn baasje.

***

Die week na het ongeluk kwam de politie nog bijna dagelijks langs. Ze wilden alles weten over ons leven samen, vroegen of Fred vijanden had. Hadden zijn zakelijke verleden gedetermineerd. Bleven twijfelen of het wel een ongeluk was. Zetten zelfs vraagtekens achter de verdwijning van Paddy. Het voelde aan alsof ik als verdachte verhoord werd. Ze moesten alles weten. Hoe Fred en ik elkaar hadden leren kennen, hoe lang we getrouwd waren. Zelfs waarom we geen kinderen hadden. Ik werd er gek van. Ze waren niet allemaal zo. De schappelijke rechercheur die mij al de eerste avond te hulp geschoten was, zijn naam was Johan Breure, kwam op een gegeven moment met een vrouwelijke politieagente in uniform langs, die mij vriendelijk slachtofferhulp aanbood, wat ik afgeslagen heb. Hij hield mij ook op de hoogte van het onderzoek. Probleem was natuurlijk dat de politie geen getuigen van het ongeluk heeft gevonden. Dagblad De Gelderlander wijdde er een lang artikel aan in de Maaslandbijlage en riep ook dringend getuigen op. Omroep Brabant besteedde er uitgebreid aandacht aan in hun wekelijkse programma Bureau Brabant, een soort Opsporing Verzocht. Er werden daarbij meerdere gruwelijke details van het ongeluk bekendgemaakt, zoals dat de auto Fred eerst had aangereden en toen hij op de grond lag nog met een achterwiel over hem heen was gereden. Uit de vele botbreuken en inwendige verwondingen werd afgeleid dat het een grote, zware auto was geweest. Alles zonder resultaat, er waren gewoon geen mensen op straat geweest met dat noodweer. Alle bandensporen op zijn jas waren gewist door de regen en natuurlijk omdat ik hem omgedraaid had. Er waren alleen meerdere schoenafdrukken in de modderige berm rondom het lichaam, onder andere van hoge hakken, die diepe gaten in de gevallen bladeren hadden gemaakt, maar mijn afdrukken lagen daar overheen en maakten dus identificatie van een dader en zijn auto onmogelijk. De rechercheur die mij al eerder had beschuldigd beweerde zelfs dat die hoge hakken van mij waren en dat ik later teruggekomen was met laarzen aan om Fred zogenaamd te vinden en zodoende geprobeerd had de sporen te wissen. Hij is inmiddels overgeplaatst, hoorde ik. Ze hebben daarop al mijn schoenen aan een laboratoriumonderzoek onderworpen, belachelijk, en niets gevonden natuurlijk. Verder waren er diepe remsporen in de tegenoverliggende berm. Het moet een grote auto zijn geweest, die hem eerst van achteren geraakt heeft en daarna, toen hij gevallen was, over hem heen gereden is. Men neemt aan dat de auto met te grote snelheid is aan komen rijden en in de bocht is geslipt en toen in de tegenoverliggende berm Alfred heeft aangereden en iets verder tot stilstand is gekomen. Nadat de auto is gestopt was nog vaag te zien dat meerdere inzittenden, in elk geval een vrouw en vermoedelijk ook een man, uitgestapt en naar Fred toe gelopen zijn. Daarna zijn ze weggereden met spinnende achterwielen, dat kon je zien aan de diepe voren in de berm.

Toen die onderzoeken achter de rug waren ben ik een paar weken bij Harold en Jeroen gaan logeren in Overijssel. Harold is twee jaar ouder dan ik. Hij en Jeroen zijn een geweldige steun voor mij, altijd geweest, maar ik moest tenslotte weer terug naar huis. Heel onwezenlijk. Alles leek nog hetzelfde. Blijkbaar ging het leven ook zonder Alfred gewoon door. Mientje, mijn hulp, had schoongemaakt en bloemen neergezet. Michael Connelly lag nog opengeslagen op de bladzijde waar ik die fatale avond opgehouden was met lezen. Ik klapte het boek dicht en zette het boven in de boekenkast.

Hoofdstuk V

Hoewel Robert de eerste twee dagen opgelucht is dat de politie hem niet is komen lastigvallen over zijn tocht met de Minerva, begint hij Céleste te missen en verwijt hij zichzelf dat hij haar voor niets zo bang heeft gemaakt dat ze naar haar moeder is gevlucht. Hij heeft haar moeder meteen die eerste avond gebeld en werd meteen overladen met beschuldigingen betreffende zijn vermeende drankzucht en het veroorzaken van het ongeluk daardoor. Om toch zijn vrouw aan de telefoon te krijgen had hij zijn pogingen om zijn tierende schoonmoeder enigszins te kalmeren en haar de ware toedracht van het ongeluk aan haar verstand te brengen al gauw opgegeven. De enige reden dat hij het gesprek niet woedend beëindigde was dat hij absoluut Céleste zelf wilde spreken. Toen hij haar eindelijk aan de telefoon had merkte hij tot zijn opluchting dat ze al aardig tot bedaren was gekomen. Het hondje bleek een goede afleiding. Moeder en dochter waren samen de stad ingegaan en hadden een mand, dekentje, halsband, etensbakjes en zakken met voer en koekjes, kluiven, en van alles wat een hond naar haar mening nodig heeft, zoals speciale shampoo, een tekentangetje, antivlooiencapsules, een trimkam en een lijvig boek "Hoe voed ik mijn hond op" van de beroemde dog whisperer van de tv aangeschaft. Céleste had zich zelfs een dure bench aan laten smeren, modewoord voor een ijzeren kooi om een hond in de auto te vervoeren.
Robert belt iedere ochtend en avond naar Antwerpen en hij merkt dat Céleste steeds minder op de gebeurtenissen van de afgelopen zondag terugkomt. Ze wil graag nog een paar dagen in Antwerpen blijven om wat vriendinnen op te zoeken en haar nieuwe aanwinst te tonen. Volgens Céleste is de teckel al helemaal aan haar gewend. Ze noemt hem Tax en

heeft zijn naam in het naamplaatje op een nieuwe halsband laten graveren. Ze verzekert Robert dat ze hem erg mist en hij belooft haar in het weekend op te komen halen. Hij begint te geloven dat het leven weer zijn normale gangetje gaat hernemen alsof er niets gebeurd is. Dan stopt er 's avonds een politiewagen voor de deur. Robert is net thuis nadat hij met een van zijn collega's een pizza in de stad heeft gegeten. Hij loopt rustig naar de voordeur, hij is hier op voorbereid en heeft zijn verhaal klaar.
'Goedenavond, meneer Van Hout. Politie Oost-Brabant. Mogen wij even binnenkomen om u iets te vragen?' Robert knikt, de beide politiemannen stellen zich voor en volgen Robert naar binnen.
'Bent u de eigenaar van een oldtimer, merk Minerva?'
'Ja, een prachtig exemplaar uit 1930, een van de laatste die geproduceerd is,' Robert slaagt erin een overtuigende dosis enthousiasme in zijn stem te leggen en kijkt de beide mannen argeloos aan. Ze knikken en stellen onverstoorbaar hun volgende vraag: 'Wanneer hebt u daar voor het laatst mee gereden?'
'In september, toen zijn we naar de jaarlijkse meeting in Oostende geweest. We wonnen zoals verwacht de eerste prijs in het Concours d'élégance.'
De agenten wisselen een snelle blik. 'We hebben gehoord dat u afgelopen zondag in deze auto naar Sint Anthonis gereden bent,' zegt de oudste van de twee afgemeten.
'Ja natuurlijk, u heeft gelijk, maar dat was zomaar een plezierritje. Mijn vrouw en ik hadden zin om vrienden te bezoeken en hebben daarvoor de Minerva genomen, want we waren in een feestelijke stemming. Het was geen echte geplande tocht, maar een impulsieve ingeving, gewoon omdat het ons vrije weekend was en we naar vrienden gingen.'
'Het regende dat het goot, waarom heeft u zo'n bijzondere en kostbare auto voor een naar u zegt onbelangrijk ritje geno-

men in plaats van uw moderne BMW?'
Robert kijkt de man aan en antwoordt met voorgewende verbazing: 'Wat heeft mijn BMW daarmee te maken? Het regende niet toen we vertrokken en ik had gewoon zin om met de Minerva te gaan, dat is alles. Het is goed als er op gezette tijden mee gereden wordt.' Hij staat zichzelf toe een lichte irritatie in zijn stem te laten doorklinken. 'U heeft gelijk, als ik had geweten dat het 's avonds zulk noodweer zou worden, had ik natuurlijk gewoon de BMW genomen. Waarom komt u eigenlijk deze vragen over mijn auto's stellen? Ik dacht dat u geïnteresseerd was in antieke auto's, maar dat schijnt niet de reden van uw bezoek te zijn.'
De lichaamstaal van de mannen is minder vriendelijk geworden. Een van hen heeft een opschrijfboekje tevoorschijn gehaald en begint aantekeningen te maken.
'Ik heb gehoord dat er een ongeluk gebeurd is in de buurt van Sint Anthonis, en inderdaad, ik heb die avond daar gereden. Moet ik uit uw vragen opmaken dat het over dat ongeluk op de Zandkant gaat? Wij zijn inderdaad via de Zandkant gereden, maar ik heb niets gezien. Mijn vrouw reed. Zij was de Bob en had geen druppel alcohol gedronken. Ik wel, veel zelfs. We hadden iets te vieren en hebben met vrienden in Villa Bloemenhof gegeten. Maar dat weet u natuurlijk zeker al van de gastvrouw daar.'
'Inderdaad, u heeft een auto die opvalt en getuigen hebben bevestigd dat u vandaar richting Zandkant bent gereden omstreeks de tijd dat het ongeluk heeft plaatsgevonden.'
Robert maakt een wegwerpgebaar. 'We hebben niets gezien, wij hebben daar vóór het ongeluk gereden, om ongeveer half elf, waarschijnlijk iets eerder, ik heb de tijd niet in de gaten gehouden. Als u met de mensen van Villa Bloemenhof gesproken hebt, weet u dat dat klopt. Ik begrijp niet dat u speciaal voor dit gesprek hierheen komt als u zelf kunt uitrekenen dat ik niets met dat ongeluk te maken heb.'

'Wij maken uit de sporen op dat het ongeluk door een zware personenauto met brede wielbasis veroorzaakt is en wij checken alle auto's die in aanmerking kunnen komen. Zowel van eigenaren in de omgeving van Sint Anthonis als auto's die die avond in de buurt zijn gezien. Want het is aannemelijk dat de bestuurder de Zandkant goed kende, anders neem je zo'n weggetje niet. Zeker niet in slecht weer. Dus ook terreinwagens, SUVs en zoiets als een Chrysler Voyager, of Chevrolet Trans Sport bijvoorbeeld.' Hij onderbreekt zichzelf, alsof hij eigenlijk al te veel gezegd heeft. 'Zouden wij ook uw vrouw even kunnen spreken?'
'Zij logeert bij haar moeder in Antwerpen, ik haal haar in het weekend weer op.'
'Dat is jammer. Mogen wij uw auto bekijken?' Robert glimlacht, hij hoopt dat zijn verhoorders niet zien hoe opgelucht hij is. 'Natuurlijk, de Minerva staat in een loods op het terrein van de kliniek. Ik ben daar morgenvroeg weer, als u om half acht komt, heb ik wel even tijd voor u. Ik heb de auto inmiddels wel grondig schoongemaakt, het was vreselijk weer en ik ben erg zuinig op haar, als de dood voor roest, dus ik laat haar niet zomaar nat en modderig aan haar lot over.' Hij kijkt verontschuldigend. Het schijnt te werken. De jongere man bergt zijn notitieblok op en kijkt zijn collega vragend aan. Die knikt en staat op. 'Meneer Van Hout, bedankt voor uw medewerking. U hoort nog van ons of en wanneer een forensisch team naar uw auto komt kijken. Voorlopig hebben wij geen vragen meer.'
Robert schudt de agenten de hand en houdt de deur voor hen open. Op de stoep wenst hij hun succes met het onderzoek. Hij kijkt de vertrekkende politieauto na tot de rode achterlichten om de hoek verdwijnen. Binnen morst hij bij het inschenken van een flink glas Johnny Walker omdat zijn handen onbeheersbaar trillen. Na een paar grote slokken wordt hij wat rustiger en houdt het trillen op. Pas dan durft

hij zichzelf geluk te wensen met de goede afloop van het gesprek. Hij belt Céleste, vermeldt terloops het bezoek van de politie als bewijs dat alles onder controle is. Ze is blij met dit nieuws en vertelt dat ze ook wat beter slaapt, haar stem klinkt niet meer zo hoog en gestrest.
'Céleste, ik mis je zo, waarom kom je niet naar huis, nu het gevaar geweken is?'
'Ik mis jou ook, mon trésor, maar ik wil nog even bij mijn moeder blijven, ik ben er nog niet helemaal overheen, dat merk ik. Maman is zo lief voor me, ze heeft een heel rustgevende uitwerking op mij.'
Er komt weer een klein bibbertje in haar stem. Robert leidt haar af door te vragen wat ze die dag allemaal gedaan heeft en daar gaat ze gretig op in. Ze vertelt wat het hondje heeft uitgehaald, welke vriendinnen ze die dag heeft gesproken en wat haar moeder en zij voor koopjes in Au Bon Marché op de kop getikt hebben. Vermoeid sluit hij het gesprek af en schenkt nog een glas whisky in. Die nacht droomt hij niet van Céleste, maar van haar goed geconserveerde moeder.

Het weekend in Antwerpen wordt een fiasco. Robert is moe en het lukt hem niet om vrijdagmiddag vroeg te vertrekken uit de kliniek zodat het al bijna donker is als hij wegrijdt en de lange rit naar Antwerpen kan beginnen. Aangekomen in het statige huis van Madeleine Vermeire ontvangt Céleste hem niet zo enthousiast als hij gehoopt had. Het eerste uur is alleen de teckel blij met zijn komst. Ze worden meteen samen de straat opgestuurd voor het verplichte avondwandelingetje terwijl de vrouwen de keuken induiken. Wat wel weer meevalt is dat ze verse koningskrabpoten op de markt hebben gekocht en Madeleine's recept voor de bijpassende saus een ster verdient. Madeleine wil over het ongeluk praten, maar Robert kapt het gesprek af, waarna een onbehagelijke stilte ontstaat. Madeleine beledigd, Céleste met een

pruillip en een groot verwijt in haar ogen, en Robert die zichzelf en de hele situatie vervloekt. Geholpen door te veel glazen witte Bordeaux uit de achtergelaten voorraad van Céleste's vader, slagen ze erin elkaar toch hartelijk welte-rusten te wensen. Daarmee zijn de problemen voor Robert nog niet voorbij. Het blijkt dat Tax zijn plekje in bed tussen hem en Céleste opeist en zijn zin krijgt om slaande ruzie met Céleste te vermijden.
De volgende ochtend moet Robert met een verblindende koppijn als eerste opstaan om Tax uit te laten terwijl zijn echtgenote zich nog een keertje omdraait. Robert overwint de aanvechting om het hondje in de Schelde te gooien en ontdekt dat het eigenlijk heel rustgevend is om met een nieuwsgierig teckeltje aan de lijn in alle vroegte ongehaast langs een verlate kade te wandelen. Bij thuiskomst vindt hij Madeleine in négligé in de keuken. Ze wijst hem waar hij het hondenvoer kan vinden en terwijl Tax zijn ontbijt naar bin-nen schrokt gaat ze geleund tegen het aanrecht met een siga-ret in haar hand in de aanval: 'Het is vreselijk wat er gebeurd is, Robert, en het is helemaal uw schuld! U had Céles niet in die zware wagen moeten laten rijden. En uzelf lekker vol laten lopen met drank.' Hij wil haar onderbreken, maar met een snauw die haar mooie gezicht lelijk en oud maakt snoert ze hem de mond. 'Ze gaat kapot aan schuldgevoelens! Ze kan hier helemaal niet tegen, ze gaat eronderdoor. Gedraag je als een man en geef je aan bij de police! Neem de schuld op je en beken dat jij achter het stuur zat. Dat ben je aan haar verplicht! Met een goede advocaat krijg je misschien alleen maar een grote geldboete. Nou, dat kan jij je best veroorlo-ven, n'est-ce pas?'
Zonder een woord te zeggen loopt Robert de keuken uit. Terwijl hij naar boven loopt hoort hij haar nog roepen: 'Ik sta jou niet toe mijn dochter te gronde te richten! Als jij je niet aangeeft, zal ik het doen!' Hij balt zijn vuisten in machteloze

woede en stapt de slaapkamer binnen waar Céleste weer in diepe slaap is. Hij kijkt op haar neer. Wat is ze mooi, wat ziet ze er jong en onschuldig uit. Haar blonde haar ligt als een gouden waterval over het kussen. Zijn boosheid maakt plaats voor een gevoel van tederheid. Ze hoeft nergens bang voor te zijn, hij zal voor haar zorgen. Dat heeft hij beloofd toen ze trouwden en daar zal hij zich tot zijn laatste ademtocht aan houden.
Beneden wordt bevelend geblaft. Tax kan zelf de trap niet op en wil terug naar bed.

***

Terug in Nederland vraagt het hondje Céleste's volle aandacht en bepaalt haar dagindeling, waardoor de herinnering aan het ongeluk tot Roberts opluchting verdrongen wordt. Tax en zij zijn onafscheidelijk, ze neemt hem overal mee naartoe. Ze heeft prachtige knalrode leren laarzen voor zichzelf gekocht en een halsbandje en riem voor Tax in dezelfde kleur. Ze geniet van de aandacht die ze trekt, ze weet hoe mooi ze is en met de parmantige teckel aan haar zij vormt ze een elegante combinatie. Robert gunt haar die bewondering en raakt gewend aan hun harige huisgenootje en begint het leuk te vinden, ondanks dat hem stilzwijgend de taak is toebedeeld om Tax bij weer of geen weer 's avonds laat uit te laten. De natte herfst loopt vanzelf over in een natte koude december. Voor Céleste begint het volgende seizoen al voor het einde van het jaar, met de lancering van de voorjaarscollecties van de internationale modehuizen. Ze moet daarvoor naar New York. Als Robert haar in alle vroegte naar Zaventem brengt huilt Céleste tranen met tuiten over het afscheid, van hem of van Taxje, is niet helemaal duidelijk. Het hondje ligt rustig in zijn bench achter in de auto en gaat mee naar de kliniek. De verstandhouding met zijn schoonmoeder is enigszins bekoeld na de onverkwikkelijke scène in haar keuken, vandaar dat het regelen van een oppas voor de teckel in Antwerpen geen optie was en Tax overdag in zijn mandje onder het bureau van Lucy, de secretaresse van Robert, wordt geparkeerd.

Eén dag in de week voeren Robert en zijn collega Jasper de Koning alleen maar carpaaltunnelsyndroomoperaties uit. Het is een heel nauwkeurig werkje en het moet meteen de eerste keer helemaal goed gebeuren, want een tweede keer opereren is niet mogelijk. Jasper is daarin gespecialiseerd en de kliniek heeft dankzij hem een landelijke bekendheid verworven op dit gebied. Robert assisteert hem daarbij. Robert zelf wordt beschouwd als de wonderdokter op het gebied van transplantaties, zoals hersteloperaties van brandwonden, en sinds kort behandelt hij ook baby's die misvormd ter wereld zijn gekomen. Er is nog een derde fulltime plastisch chirurg aan de kliniek verbonden, Hans Graafsma, al wat ouder en zeer ervaren. Hoewel de kliniek pas een jaar of vijf geleden door Robert en Hans is opgericht, heeft ze in medische kringen een zeer goede naam opgebouwd.
Op weg naar zijn werk gaat de telefoon. Het is Sybrand. 'Ha Maatje, hoe gaat het? Ik hoorde van Kathy dat Céleste een weekje naar New York is. Ze vindt het zielig dat je alleen thuis bent, en ik ook natuurlijk, en we zouden het gezellig vinden als je weer eens kwam eten. Schikt morgenavond?'
Robert schrikt. Zou Kathy ook gehoord hebben dat ze sindsdien een teckel hebben? Wel erg toevallig, hoe verklaart hij dat dan? Hij herstelt zich snel en antwoordt zo opgewekt mogelijk.
'Het lijkt me heel leuk, ik zit nu in de auto, maar kijk meteen als ik in de kliniek ben in mijn agenda en bel je terug.' Terwijl Robert de oprit naar de kliniek inrijdt, overweegt hij om een niet bestaande afspraak als excuus te verzinnen om de

uitnodiging niet aan te hoeven nemen, hoewel die erg aanlokkelijk klonk. Hij heeft het contact met Sybrand en Kathy een beetje gemeden na het ongeluk. Dus toch maar zeggen dat hij al een afspraak heeft die avond? Blijven liegen tegen zijn beste vrienden? Het ongeluk heeft de gemoederen natuurlijk een paar weken beziggehouden, er zijn de onvermijdelijke bloemen gelegd op de plaats waar de man is omgekomen en er is veel aandacht aan besteed in de lokale pers. Maar bij gebrek aan nieuwe aanwijzingen is het onderwerp gelukkig niet actueel meer. Hopelijk zullen Sybrand en Kathy het niet ter sprake brengen. Taxje thuis laten of in de auto in zijn bench? En wat als hij dan de hele avond blaft? Robert vloekt zachtjes en parkeert op de voor hem gereserveerde plaats naast de ingang. Als hij de bench opent en het hondje oppakt moet hij toch lachen om het enthousiasme waarmee hij begroet wordt. Taxje huppelt blij kwispelend met hem mee naar binnen, waar Roberts secretaresse al ongeduldig met koekje in haar hand op hem zit te wachten. Ze vond het meteen een goed idee om het hondje overdag bij haar te stallen en heeft enthousiast de zorg over hem op zich genomen. Misschien wil zij wel de volgende avond op hem passen.
'Lucy, ik ben morgenavond uitgenodigd om bij vrienden te komen eten. Zou jij een avondje op Tax willen passen? Ik zal het niet laat maken. Ik kan hem niet meenemen, want ze hebben een huis vol katten,' verzint hij er gauw bij. Het liegen gaat hem steeds makkelijker af.
Lucy zegt meteen ja en Robert belt Sybrand om te vertellen dat hij graag komt.
'Hoe laat verwachten jullie mij? Ik neem de wijn mee en verheug me erop jullie weer te zien. Schiet jouw boek al op? Het mijne is al op de fondslijst van de uitgever geplaatst, dus alweer iets om met jullie te vieren.' Zo, dat is geregeld, de oppas voor Tax en één onderwerp van gesprek al voorbereid. Hij begint zich ondanks alles werkelijk op de ontmoeting te

verheugen, niet in de laatste plaats omdat Kathy wonderen in haar keuken verricht en een weekje kant-en-klaar magnetroneten ook danig verveelt.

***

Kathy begroet haar gast met een kus op iedere wang. Ze is het tegenovergestelde van Céleste, robuust, mollig, kort zwart haar, extrovert en bruisend van energie. Het verbaast Robert steeds weer dat ze naast een drukke baan als apotheker en de zorg voor man en drie zoons nog tijd heeft om vrienden uit te nodigen en zo uitgebreid en heerlijk voor ze te koken. Sybrand komt zijn vriend tegemoet en neemt met een waarderend fluitje de twee flessen prachtige wijn van Robert in ontvangst. De jongens groeten Robert en verdwijnen dan met een ijsje als dessert naar boven om tv te kijken en te gamen in hun eigen kamer.

'Leuk om je weer te zien, Robert. Hoe gaat het met je zo zonder Céleste?'

'Nou, ik ben wel erg blij weer eens een echte maaltijd voorgeschoteld te krijgen. Daar ben ik deze week niet altijd aan toegekomen. Het ruikt hier veelbelovend, Kath. Hoe wist je trouwens dat Céles in New York zit?'

Ze zet een schaal met toastjes gerookte zalm en krabsalade voor de mannen neer. 'Daar is niets geheimzinnigs aan, ze kwam gewoon even langs in mijn apotheek toen ze hier in de buurt was. Het is al behoorlijk koud in New York en ze was bang dat ze een verkoudheid op zou lopen.' Kathy lacht, 'ze had zelfs geen tijd om een kopje koffie met me te drinken. Maar ik heb haar een heel voorraadje drop, hoestpastilles en zuigtabletten tegen keelpijn meegegeven, zodat ze zonder gevaar de zomercollectie kan passen. Heb je al wat van haar gehoord?'

'Ja, ze is pas vijf dagen weg, maar we bellen elkaar iedere

dag en ze heeft het tot nu toe erg naar haar zin. Ze werkt met haar favoriete fotograaf en ontmoet allerlei bekenden. Ze plakt er daarna nog een paar dagen aan vast om uit te rusten bij een oom en tante die in Ohio wonen.'
Op dat moment gaat Roberts telefoon. Als hij ziet dat het Céleste is, verontschuldigt hij zich en loopt naar het raam om met zijn rug naar zijn vrienden even met haar te praten.
'Ha liefje, hoe gaat het met je?' Het is even stil aan deze kant van de oceaan als Céleste antwoordt. Robert knikt af en toe en probeert tevergeefs er een woord tussen te krijgen. Dan is het zijn beurt: 'Je raadt nooit waar ik ben. Bij Sybrand en Kathy, je krijgt veel groeten van hen. Dat zal ik doen. Nee, die heb ik niet meegenomen, Lucy past op hem.'
Céleste's hoge boze stem is luid en daardoor duidelijk ook door de anderen te horen. Robert houdt zijn mobiel wat van zijn oor af.
'Nee, nee kindje, dat is niet zo, je weet dat ik Tax iedere dag mee naar de kliniek neem en daar zorgt Lucy overdag al voor hem. Hij is dol op haar en zij op hem. Hij kan echt wel een avondje bij haar zijn, ik haal hem straks weer op.' Staccato aan de andere kant. 'Luister nou, hij weet best dat jij zijn bazin bent en je hoeft je geen zorgen te maken dat hij zich meer hecht aan haar dan aan jou. Het is een ideale oplossing dat hij zo rustig in zijn mandje in haar kantoor ligt. Ze laat hem uit en geeft hem te eten en ik kan gewoon mijn werk doen. Daar hebben we het al uitgebreid over gehad en daar was je het helemaal mee eens.' Hij zucht. 'Ja, ja, oké, maak je maar geen zorgen. Natuurlijk mist hij jou, net als ik, maar we maken er het beste van. Hij maakt een vrolijke indruk en vindt het allemaal best. Lieverd, ik moet nu even stoppen, Kathy komt met de soep binnen. Ik bel je morgen, het is hier nu acht uur 's avonds. Veel succes met je shoot vanmiddag en liefs van ons allemaal.' Hij stopt zijn telefoon in zijn zak en blijft nog even besluiteloos voor het raam staan. Dan loopt

hij naar de tafel waar Kathy en Sybrand op hem wachten. Hij verontschuldigt zich: 'Tja, dat is Céles, ze kan zich soms enorm zorgen maken om niets. Daar komt bij dat ze bang is dat haar contract bij Vogue volgend jaar niet verlengd wordt. De concurrentie is moordend. Verder gaat het goed, de shows lopen gesmeerd en ze amuseert zich prima daar in dat modewereldje.'
De soep is heerlijk, een fluweelzachte velouté van bospaddenstoelen geparfumeerd met een vleugje cognac. Terwijl Kathy de soepborden afneemt zegt ze tegen Robert: 'Wat leuk, hoor ik het goed dat jullie een hond hebben? Sinds wanneer?'
'Nee, we hebben ook eigenlijk geen hond, maar passen op de hond van een vriendin van de moeder van Céles die een wereldreis maakt en ongeveer een jaar wegblijft.' Robert slaagt erin een hulpeloos lachje op zijn gezicht tevoorschijn te halen. 'Ik voelde er eigenlijk niets voor, maar het is een leuk beestje en Céleste is er in de korte tijd dat hij bij ons is erg aan gehecht geraakt.'
Kathy zegt bezorgd: 'Nou, dat zal dan nog wel de nodige problemen geven als zijn eigenlijke bazin terugkomt.' Robert haalt zijn schouders op. 'Dat zien we dan wel. Kath, je soep is goddelijk.'
'De volgende keer moeten jullie hem beslist meenemen, dat vinden de jongens ook leuk. Wat voor soort is het?'
'Een soort teckel, vandaar dat hij Tax heet.'
'Hoe lang hebben jullie hem al? Teckels zijn toch heel eigenzinnige beestjes, deze klinkt nogal makkelijk in de omgang.'
'Dat is ook zo, misschien heeft zijn moeder een slippertje gemaakt en is hij niet helemaal raszuiver. Het is in elk geval een aardig beestje en niet zo jong meer. We hebben hem nu een week of twee, drie.'
Stom, dat had hij misschien niet moeten zeggen, maar waarom zouden ze de link tussen deze hond en de vermiste

hond van de Zandkant leggen? En het is belangrijk Céleste zo min mogelijk in de war te brengen met onjuiste feiten, hun beweringen moeten wel kloppen. Gelukkig laten Sybrand en Kathy het onderwerp hond verder rusten. Sybrand ontkurkt de St Vérain die Robert heeft meegebracht, terwijl Kathy de fazant met zuurkool op tafel zet. Hij ruikt even aan de kurk en knikt. 'Een grand cru, Robert, voortreffelijk bij dit meesterwerkje van onze huiskok.' Kathy glundert: 'Ik vond dat dit goed paste bij zo'n druilerige winterdag. Blij dat je bij ons bent, Robert.'

De maaltijd verloopt vriendschappelijk, zonder verdere onderbrekingen. Ze praten over de kinderen, hun werk en het boek van Sybrand, waarvoor hij de research heeft afgerond en dat nu bij hun uitgever ligt. Robert laat weten dat hij het niet te laat wil maken omdat hij het hondje nog moet halen en weer een drukke dag voor de boeg heeft de volgende morgen. Hij zorgt ervoor niet te veel te drinken om niet in de problemen te komen, waar zijn gastheer en –vrouw alle begrip voor hebben.

'Ja, de vorige keer had je Céleste als de Bob, nu moet je zelf rijden, Robert. Dat valt tegen.' Sybrand zet een mooie oude cognac op tafel. 'Dus geen slaapmutsje voor jou vandaag. Ik zou ook maar niet de Zandkant nemen met dit slechte weer.'

'Die neem ik nooit, dat weet je. Zeker niet met de Minerva, maar ook niet met mijn BMW.'

Fout, Sybrand weet heel goed dat hij die avond wel met de Minerva daar reed. Stom, stom.

Sybrand schudt zijn hoofd en herhaalt nogmaals: 'Toch vind ik het onbegrijpelijk dat je toen niets van dat ongeluk gemerkt hebt.'

Kathy valt hem in de rede: 'Ik ken zijn weduwe vrij goed van de Heemkundekring Sint Tunnis in Oelbroeck. Het gaat niet goed met haar. Ze had ook een teckel, ruwharig geloof ik. Die is bij het ongeluk van haar man ook omgekomen.'

Robert heeft opeens moeite het prachtige diner binnen te houden. Hij moet hevig slikken voor hij erin slaagt het gesprek rustig af te kappen en enigszins haastig, maar wel hartelijk afscheid van zijn vrienden te nemen. Hij belooft de volgende keer Céleste en de hond mee te nemen.

Hoofdstuk VI

Er kwam geen einde aan het natte koude voorjaar na een even troosteloze lange winter, wat niet hielp om een enigszins positieve inhoud aan mijn bestaan te geven. Ik liep urenlang door de bossen, zoals ik gelopen zou hebben met Paddy. Ik had nergens zin in en vermeed contacten met andere mensen, goedmenende vrienden ging ik uit de weg. Zelfs de telefoontjes met Harold kapte ik af. Ik voerde eindeloze gesprekken met mezelf, mijn schuldgevoel als een loden last meetorsend. Als ik Alfred niet met Paddy de deur uit had gestuurd, als... als... De verdoving in het begin maakte plaats voor gevoelens van ondraaglijke eenzaamheid. Ik trok me terug en leefde als een kluizenaar, in het gezelschap van mijn verdriet en boosheid.
Pas na Pasen vond ik de moed om te beginnen met opruimen, daartoe aangespoord door Mientje, die al die tijd het huishouden in goede banen heeft geleid. Waarschijnlijk gaf ze gevolg aan het ouderwetse nestelinstinct dat volgens overlevering vrouwen in de lente overvalt. Govert, haar man, was erg blij met Alfreds collectie dure pakken en werd zo de best geklede tuinman van Nederland. Alfred had meer dan 20 paar schoenen, keurig gepoetst en op soort gerangschikt in rekken onder in zijn klerenkast. De oudste zoon van Mientje had dezelfde maat, de andere zoon ontfermde zich over alle sportieve kleren en overhemden. Ze beloofden plechtig ze niet in mijn aanwezigheid te zullen dragen.

Vandaag is het vijf maanden en dertien dagen geleden dat Fred door een onverlaat is doodgereden. Gevoelsmatig ben ikzelf toen ook opgehouden te bestaan. Ik realiseer me dat het oude gezicht dat mij in de spiegel aankijkt mijn eigen gezicht is. Ik haal berustend mijn schouders op en ga mijn

tanden poetsen. Vandaag is erger dan anders. Ik ben jarig. 43, een priemgetal. Ik haat priemgetallen. Ze zijn ongenaakbaar, ondeelbaar. Eigenlijk net als ik onvruchtbaar. Het is me nog niet erg gelukt de draad van mijn leven weer op te pakken. Alles in huis is nog precies zoals het was toen Alfred het verliet om met Paddy te wandelen. Mijn buren Mariët en Coen Janssen zijn nog steeds heel behulpzaam. We kenden elkaar voor het ongeluk nauwelijks en we zijn nu heel bevriend geraakt. Coen is notaris en heeft zijn kantoor in Boxmeer, Mariët heeft momenteel geen baan en vindt dat best, ze doet vrijwilligerswerk in een verpleeghuis. Tussendoor houdt ze mij in het oog, doet boodschappen en overlegt met Mientje wat we nodig hebben, zodat om mij heen het huishouden vlot blijft lopen.
Mariët laat duidelijk merken dat ze het de hoogste tijd vindt dat ik me weer eens onder de mensen ga begeven en heeft me uitgenodigd ter gelegenheid van mijn verjaardag om met haar mee te gaan naar een bijeenkomst van haar tuinclub. Haar opmerking dat ik zo langzamerhand weer moet gaan leven en haar voorstel om wat aan de tuin te gaan doen hadden me mateloos geïrriteerd. Waar bemoeide ze zich mee? Onze tuin was Freds hobby en samen met Govert had hij in de loop der jaren een heerlijke, harmonieuze Engelse tuin gerealiseerd. Sinds Alfreds dood had Govert alles netjes bijgehouden, maar hij miste Alfred, zijn creatieve invallen en vooral de lange gesprekken over het weer, de toestand in de wereld en natuurlijk het groeien en bloeien van wat ze samen in onderling overleg hadden geplant. Het was duidelijk dat ik op al deze gebieden hopeloos tekortschoot. Ik was vastbesloten nooit meer een verjaardag zonder Fred te vieren en al helemaal niet deze eerste verjaardag zonder hem. Fred was van plan geweest om zich afgelopen winter meteen na zijn vijfenzestigste uit zaken terug te trekken. Hij had zich erop verheugd dan meer tijd met zijn geliefde tuin door te

brengen en er een mooie oude dag te beleven, samen met mij en een leuke teckel. Tenslotte geeft het idee dat door in de tuin van Fred te werken ik me toch dicht bij hem zou kunnen voelen de doorslag. Daarom is het misschien inderdaad een goed idee om lid te worden van die tuinclub om mijn plantenkennis te vergroten. Al is het maar om zo een plezieriger gesprekspartner van Govert te worden.
In een impuls toets ik het nummer in van Nathalie, kapster en schoonheidspecialiste in het dorp, en slaag er zowaar in meteen een afspraak te maken. Ze kan me snel even tussendoor helpen. Ik doe mijn ogen dicht, sluit mijn oren af voor de laatste dorpsroddels en geef me over aan de zorgende handen. Bij thuiskomst kan ik ondanks mijn depressie een gevoel van plezierige verbazing niet onderdrukken als ik mezelf in de spiegel bekijk. Daar hoort een vrolijke zomerjurk bij. Ik ben nogal afgevallen, maar met een ceintuur valt er wel wat te corrigeren. Ik heb pumps in dezelfde kleur als de ceintuur en monster mijzelf voor de grote spiegel. Ik had me deze winter niets aan mijn uiterlijk gelegen laten liggen en wat ik nu zie valt me niet tegen. Voor het eerst in een half jaar. Dankzij Mariët, die mij nu terug de mensenwereld in gaat sleuren. Ik ben wel een beetje zenuwachtig om na zo lange tijd weer gezellig en sociaal met onbekende mensen om te gaan. Maar het valt mee. De ontvangst is prettig en hoewel iedereen op de hoogte moet zijn van het ongeluk, komt niemand erop terug en worden er gelukkig geen vragen over gesteld. Al gauw raak ik geïnteresseerd en terwijl wij de toestand van onze tuinen bespreken drinken we koffie en eten taart en koekjes die de clubleden zelf hebben gebakken. Een tuinarchitect en plaatselijke hovenier houden allebei een praatje over de komende seizoenswerkzaamheden en ik beloof lid te worden en regelmatig te komen en ook later in het jaar stekjes en zaden te ruilen. De leden proberen elkaar natuurlijk de loef af te steken en organiseren ieder jaar aan

het eind van de zomer een open-tuinen-dag, met natuurlijk een wedstrijd wie de mooiste tuin heeft.
Op de terugweg vraagt Mariët opeens: 'Wanneer ga je weer een teckel nemen?'
Het is de eerste keer dat Mariët over een nieuwe hond begint. Ik schud mijn hoofd. 'Nog niet, misschien in de herfst, misschien wel nooit meer. Ik zie er erg tegenop er weer aan te beginnen. De manier waarop ik Paddy ben kwijtgeraakt heb ik me verschrikkelijk aangetrokken. Ik geloof niet dat ik nog een keertje afscheid van een hondje kan nemen. Dus begin ik er maar niet meer aan.'
'Onzin,' zegt ze resoluut. 'Ik vraag niet "wanneer ga je weer trouwen", ik vraag gewoon wanneer neem je weer zo'n leuk gezelschapsdier. Iets wat je vrolijk verwelkomt als je thuis komt, samen met je op de bank naar de televisie kijkt en waarmee je praat terwijl je zijn eten klaarmaakt. Waarmee je gaat wandelen en weer in beweging komt in plaats van binnenshuis te treuren. Daar gaat het over en de manier waarop je Paddy hebt verloren is natuurlijk tragisch, maar je hebt al eerder oude teckels moeten begraven en bent steeds weer aan een nieuwe begonnen, dus waarom nu niet?'
Ik slik een paar keer en antwoord met een rare schorre stem: 'Oké, ik zal binnenkort eens bellen met de fokker.' Maar ben dat niet van plan.

Hoofdstuk VII

Het is nu wel duidelijk dat Mariët mij als haar Project ziet. Als een moederkloek probeert ze me terug het echte leven, zoals ze dat noemt, in te sleuren. In mijn nieuwe mintgroene linnen pakje en een beetje onzeker op mijn stilettohakken die Mariët mij aangepraat heeft wiebel ik van de parkeerplaats naar het literaire eetcafé De Dikke Van Dale aan de Brink, waar overal in nissen en op planken en vensterbanken boeken uitgestald staan, die tijdens de maaltijd ingekeken kunnen worden en zelfs meegenomen en thuis uitgelezen mogen worden. Alfred en ik waren even lang, dus heb ik vanaf onze trouwdag geen hoge hakken meer gedragen. In het café zal een lokale schrijver zijn zojuist bekroonde thriller signeren. De uitnodiging hiervoor kwam via mijn leesclubje, waar ik sinds Alfreds dood niet meer ben geweest. In eerste instantie had ik de uitnodiging terzijde gelegd. Mariët had mijn bezwaren weggelachen: 'Je zal toch eens moeten beginnen met beslissingen voor jezelf te nemen, Em. En dit is een mooi symbolisch moment.' Het leek Mariët leuk om er samen naartoe te gaan, ze wilde wel eens kennis maken met het groepje leesvriendinnen en vond dat ze wat van mij tegoed had na mijn introductie in haar tuinclub. Net als ik is ze dol op thrillers en het betreft hier zijn debuut waarmee hij de Schaduwprijs heeft gewonnen. Volgens de clubrecensie is het een aardig boek, geen literatuur natuurlijk, maar wel spannend en origineel. Het speelt in en om een ziekenhuis met een onverklaarbaar hoog aantal fatale aflopen van niet-levensbedreigende medische handelingen. Een populair genre, vlot geschreven en met een paar verrassende plotwendingen. Het boek staat al op de Nederlandse en Vlaamse bestsellerslijst en er wordt zelfs gesproken over een tv-filmbewerking. Knap werk voor een debutant, hij schijnt zelf arts te zijn.

Hoewel we vroeg zijn is het al druk en er staat een rij wachtenden voor De Dikke Van Dale, dus gaan we lekker in de zon bij een paar van mijn al gearriveerde clubgenoten op het terras zitten en bestellen koffie. Ze zijn echt blij mij weer te zien en vinden het leuk om met Mariët kennis te maken.
'Kennen jullie de schrijver?' vraagt Mariët aan Hetty, een zeer belezen clubgenoot, die tussendoor voor haar plezier Homerus nog eens overleest tijdens haar vakantie. Oei, verkeerde vraag, ze leest nooit thrillers, alleen maar literatuur. Een van de anderen antwoordt in haar plaats: 'Mijn broer heeft bij hem in de klas gezeten. Hij is plastisch chirurg en heeft een privékliniek in Berg en Dal. Het is een echte ladykiller. Maar wel getrouwd nu, met een fotomodel.' Een ander clublid voegt hieraan toe: 'Aan haar heeft hij niets hoeven te verbouwen.' Mariët schiet in de lach.
Het is prettig zo onbezorgd even in de zon te zitten met het vooruitzicht straks een thrillerschrijver te ontmoeten en hem een handtekening en een persoonlijke opdracht in zijn boek af te troggelen. Hoe lang is het geleden dat ik oog in oog heb gestaan met een aantrekkelijke man? Als we onze koffie op hebben sluiten we ons aan bij de rij die inmiddels weer in beweging is gekomen. De signeersessie is in een zijzaaltje. Bij de ingang ervan is een assistente van de plaatselijke boekhandel druk in de weer met de verkoop van zijn boek. In het midden zit een lange, knappe man lachend achter een tafel de gekochte boeken te signeren. Hij zit keurig in het pak, maar heeft het bovenste knoopje van zijn overhemd opengemaakt en zijn das twee centimeter laten zakken, wat hem iets zorgeloos geeft. Er lopen meisjes met drankjes langs en ik neem een glas droge witte wijn. Het is nog steeds heel druk en de schrijver neemt de tijd om met iedereen die een boek heeft gekocht een praatje te maken, dus het schiet niet erg op. Het is de eerste keer dat ik me weer tussen een massa mensen bevind en ik krijg het benauwd. Ik verlaat

de rij en beantwoord de bezorgde blik van Mariët met een geforceerd geruststellend glimlachje en gebaar naar de hoek van de zaal, waar bij een open raam een tafel en een paar stoelen staan. Met mijn boek in de ene hand en mijn glas in de andere, baan ik me moeizaam een weg en bereik naar mijn gevoel maar net op tijd de plek waar het wat rustiger is. Er is nog een stoel vrij en ik ga naast een mooie jonge vrouw zitten die een beetje verveeld het hele gedoe gadeslaat. De andere twee mensen aan tafel besteden geen aandacht aan mijn komst en gaan gewoon door met hun gesprek.
En dan gebeurt er iets merkwaardigs. Onder de tafel staat een mandje en daar springt met een geluid dat ik het best omschrijven kan als een jammerklacht, een kleine ruwharige teckel uit. Hij kwispelt zijn staart er bijna af en springt ogenschijnlijk buiten zinnen tegen mijn benen op. Diep geroerd buig ik me over hem heen en aai hem, waarop hij bedaart. Hij likt mijn hand. Hij is aandoenlijk en ik ben aangedaan, maar herstel me. De jonge vrouw blijkt zijn bazin te zijn en trekt hem hard terug aan zijn riem. Ze verontschuldigt zich met een zacht Vlaams accent.
Ik stel haar gerust: 'Het geeft niet, ik heb ook altijd teckels gehad, misschien ruikt hij dat nog. De mijne is een tijdje geleden gestorven, ik mis hem nog steeds.' Bij het horen van mijn stem spitst hij zijn oren en begint weer uitbundig te kwispelen. Ik aai het hondje dat weer uit zijn mand is gekropen en praat tegen hem. 'Jij lijkt precies op mijn Paddy en je bent net zo lief, hè?' Als antwoord krijg ik een grote lik over mijn blote enkel. De vrouw staat geïrriteerd op. 'Hou op Tax, doe niet zo embêtant,' en tegen mij: 'Ik doe hem wel in de auto, ik weet niet wat hem mankeert. Ik heb dit nog nooit meegemaakt.' Ze grist de mand onder de tafel vandaan en trekt het hondje ruw aan zijn riem mee. Dat verzet zich hevig, zet zich met vier poten schrap en begint hartverscheurend te janken. Ik kan het niet aanzien, diep weggestopt ver-

driet komt boven en ik zit als versteend in mijn stoel. Alle aandacht richt zich nu op de vrouw die met een rood hoofd en een verbeten trek op haar mooie gezicht de jammerende teckel resoluut oppakt en zich met mand en hond door de menigte heen wurmt richting uitgang. De schrijver is opgestaan en volgt van een afstandje de commotie. Als hij ziet dat zijn vrouw naar buiten loopt gaat hij weer zitten en vervolgt onverstoorbaar zijn signeersessie. Langzaam hervind ik mijn zelfbeheersing. Dan hoor ik van de andere mensen aan tafel dat het vrouwtje Céleste Vermeire is, de vrouw van de schrijver Robert van Hout. Als ze merken dat ik onbekend ben met het echtpaar, werpen ze zich enthousiast op hun taak mij van hun achtergrond op de hoogte te brengen. Ik veins interesse en laat ze maar kletsen. Robert van Hout is een bekend plastisch chirurg die met zijn uitzonderlijke operatietechniek patiënten die echt ten einde raad zijn een nieuw leven kan bezorgen. Zijn vrouw is een Belgisch fotomodel, ik zou haar moeten kennen van de Elegance en Marie Claire. Ik knik beleefd en sta op als Mariët naar me toe komt. De grootste drukte is inmiddels voorbij en we kunnen rechtstreeks naar de tafel van Van Hout lopen, die nog steeds niets van zijn enthousiasme heeft verloren en blijmoedig zijn fans van handtekeningen voorziet. Ik gedraag me dus ook maar als een fan en maak wat lovende opmerkingen over de omslag van zijn thriller. Hij is inderdaad heel knap. Ik schat hem eind dertig, hooguit begin veertig. Dik donker haar en daaronder felblauwe ogen. Zo laat op deze warme voorjaarsmiddag maakt het begin van een donkere schaduw over zijn kin en kaken hem nog aantrekkelijker. En hij weet dat, hij flirt er naar hartenlust op los. Plagend laat hij zijn pen boven het schutblad van mijn exemplaar zweven. Hij heeft een slanke, beweeglijke chirurgenhand. Dan schrijft hij “Voor Emma, de Teckelvriendin, lieve groet, Robert van Hout”. Toch slaagt hij er niet in mijn verkilde hart zelfs maar een klein beetje te

verwarmen. Mariët is helemaal ingepakt door Van Hout en heeft drie exemplaren gekocht, een voor haarzelf en twee om cadeau te geven. Ze is in de wolken en laat me trots lezen wat Van Hout in haar exemplaar heeft geschreven: "Voor Mariët, Brabantse schoonheid, lieve groet, Robert van Hout". In hoeveel boekjes zou hij dat geschreven hebben?
Als we naar buiten lopen zien we Céleste Vermeire-Van Hout op het parkeerterrein behaagziek tegen een prachtige oude auto leunen. Ze verloochent haar modellenverleden niet en ik vraag me af of het groepje mannen eromheen de auto of het meisje bewonderen. Het heeft in elk geval een gunstige invloed op haar humeur gehad. Mariët neemt haar nieuwsgierig op. 'Wat gebeurde daarstraks met haar teckel? Ze was in elk geval niet blij toen ze de zaak uitstormde met dat hondje onder haar arm.' Ik geef geen antwoord en bekijk het tafereeltje onverschillig. 'Wat heb je gezegd, heb je haar beledigd? Dat is toch niets voor jou.' Ik haal mijn schouders op. 'Niks bijzonders, die hond was gewoon blij om mij te zien, ik rook denk ik nog steeds een beetje naar teckel en dat kon ze niet hebben.' Maar ik besef meteen dat mijn kleren al lang niet meer naar teckels ruiken. Terwijl we naar huis rijden, denk ik nog een beetje na over het teckelincident en begin het steeds vreemder te vinden.

Hoofdstuk VIII

De boekpresentatie in De Dikke Van Dale loopt op zijn eind, alleen Robert en nog enkele goede vrienden van hem, waaronder Sybrand en Kathy, zitten aan de bar een laatste glas champagne te drinken. De verkoop is boven verwachting goed verlopen, zijn tevreden uitgever en de meisjes van de boekhandel pakken een stapeltje onverkochte boeken in en maken zich klaar om te vertrekken. Familie, vrienden, bekenden en patiënten van Robert, bewonderaars van Céleste en veel lokale mensen die op de advertentie afgekomen zijn hebben exemplaren van Roberts eersteling gekocht. Céleste heeft inmiddels haar hondje uit de auto gehaald, dat meteen een bak water leegslobbert.
Sybrand heft zijn glas en toast op Roberts succes: 'Fantastisch, Robert. Hartelijk gefeliciteerd met dit enorme resultaat. De cover is heel uitnodigend en ik ben erg benieuwd naar de inhoud, waar je tot nu toe zo geheimzinnig over hebt gedaan. Ik ga er vanavond meteen aan beginnen. Kathy zal geen kind aan me hebben dit weekend.'
De anderen lachen en volgen met hun gelukwensen, de stemming is feestelijk. Robert is vrolijk, hij heeft het warm en is gelukkig. Hij slaat zijn arm om Céleste heen en bedankt haar voor haar geduld en het feit dat ze zo veel uren in haar eentje heeft moeten doorbrengen terwijl hij aan het schrijven was.
'Ik ben ontzettend trots op je, Robert. Ga maar gauw aan je volgende boek beginnen, ik heb nu toch Taxje om mij gezelschap te houden.'
Kathy kijkt nieuwsgierig naar de hond, die nu weer rustig in zijn mandje ligt. 'Wat was er met hem aan de hand vanmiddag?' vraagt ze, 'ik zag dat je met een kennis van mij aan tafel zat en de teckel opeens een heleboel kabaal maakte. Deed ze iets raars waarvan hij schrok? Ze had zelf ook een

ruwharige teckel, die is niet zo lang geleden overreden. Tegelijk met haar man.'
Het is of er ijswater over Roberts rug loopt. Hij drukt in een reflex Céleste dicht tegen zich aan en probeert haar met zijn ogen te dwingen om niet te reageren. Tegelijkertijd beantwoordt hij zo gewoon mogelijk Kathy's vraag, maar hij hoort zelf dat zijn stem anders klinkt: 'Ja, ze heette geloof ik Emmy, ik heb even met haar gepraat toen ik een boek voor haar signeerde. Ze vertelde inderdaad dat ze zelf ook een teckel heeft.' Hij heeft zichzelf weer min of meer onder controle en voegt er luchtig aan toe: 'Ik denk dat het allemaal een beetje te druk en te warm voor Taxje was. Het is goed dat Céles hem mee naar buiten nam.' Hij laat zijn vrouw los en geeft haar een bemoedigend knikje en ziet tot zijn opluchting dat de schrik uit haar ogen verdwenen is en dat haar beroepsmatige stralende glimlach weer op haar gezicht is teruggekeerd. Zelf kost het hem iets meer moeite zijn zelfbeheersing te hervinden. Hij pakt zijn glas en neemt een flinke slok. Dan staat hij op. 'Mensen, heel erg bedankt voor jullie lovende woorden, ik ben heel blij dat jullie gekomen zijn om deze bijzondere dag met mij te vieren. Ik geloof dat ik een beetje aangeschoten ben, dus is het tijd om op te stappen. Thuis ga ik uitgebreid op mijn lauweren rusten en zullen Céles en ik dit feestje nog een beetje voortzetten.'
Er wordt gelachen, ze klinken een laatste maal en nemen vrolijk afscheid. Het lijkt erop dat niemand iets van zijn ontzetting heeft gemerkt en anders hebben ze het excuus dat hij al aardig wat gedronken had als verklaring voor zijn plotselinge stemmingswisseling aanvaard. Sybrand en Kathy helpen Robert alle cadeaus en bloemen naar de Minerva te dragen. Céleste zet Tax in zijn bench en gaat naast Robert zitten. Het is allemaal erg meegevallen. Toen Kathy zo onverwacht door haar opmerking over de teckel en zijn vorige eigenaar het ongeluk bij hen in herinnering bracht, was hij bang geweest

dat Céleste in zou storten. Hoewel juist Céleste had aangedrongen de presentatie gezien de romantische locatie in Sint Anthonis te houden.
Robert start de motor en luistert nog even genietend naar het antwoord van de acht cilinders op het gegeven startsein. Dan stuurt hij de grote auto behoedzaam het plein af.
'Lieverd, wat was het een fantastische middag, heb jij er ook van genoten?'
Céleste ligt met een gelukzalig glimlachje op haar gezicht achterover geleund in de leren kussens. Ze knikt. 'Er zijn ontzettend veel boeken verkocht en de journalist van De Gelderlander heeft er ook eentje gekocht en gaat er een recensie over schrijven in zijn krant, heeft hij beloofd. Je wordt vast heel erg beroemd, Robert. En hij heeft van mij ook foto's genomen. Misschien wordt er ook wel eentje van mij bij het artikel afgedrukt!'
'Maar vond je het ook leuk? Je zag er in elk geval prachtig uit, iedereen keek naar je.'
'Ja, natuurlijk vond ik het erg leuk. Ik heb met veel mensen gepraat, ze waren allemaal heel aardig. Maar het duurde wel een beetje lang allemaal. Ik was blij dat ik met Taxje uit het gewoel kon gaan zitten en hem onder de tafel in zijn mandje kon leggen. Tot dat mens erbij kwam zitten en hij zo tekeerging.'
Ze is nog steeds verrukt over de aandacht die zij, het mooie rashondje en de prachtige auto buiten in de zon oogstten. De afgelopen maanden was ze erin geslaagd dankzij Taxje, die al haar aandacht opeiste, de gebeurtenis op de Zandkant te verdringen. Maar nu was het ongeluk weer in alle hevigheid terug in haar herinnering.
'Vreselijk dat Kathy erover begon.'
Robert probeert haar gerust te stellen: 'Trek het je niet aan, schat. Het kan niets met het ongeluk te maken hebben gehad. Dat kán gewoon niet. Toen ik die mevrouw later sprak en

haar boek signeerde, deed ze heel gewoon. Er was echt niets aan haar te merken, ik denk dat ze Taxje leuk vond en hij van al dat gedoe om hem heen in de war was en daarom zo heftig reageerde toen ze hem aaide.'
'Ik hoop het. Het maakt me bang, laten we het er alsjeblieft niet meer over hebben.'
Hij geeft een bemoedigend klopje op haar dij. 'Afgesproken. Als jij Taxje te eten geeft terwijl ik de Minerva stal, gaan we daarna gezellig uit eten om dit succes te vieren, er zijn bijna tweehonderd exemplaren verkocht, werkelijk een record zei de uitgever.'

***

Sybrand en Kathy slaan met een korte claxongroet naar de Minerva af richting hun huis even buiten Sint Anthonis en rijden met hun twee oudste zoons op de achterbank in hun Volvo naar huis. Ze praten nog een beetje na, de jongens kibbelen over wie het eerst Roberts boek mag lezen en hun moeder stelt hen gerust: 'Ik heb ook een gesigneerd boek gekocht, zodat je vader en ik er allebei in kunnen beginnen en dan zijn jullie meteen aan de beurt.' Ze lacht als ze in de achteruitkijkspiegel hun verontwaardigde gezichten ziet. 'En twee om later cadeau te geven, dus we kunnen allemaal meteen als we thuis zijn van start.' De reactie van de tweeling is unaniem: 'Cool' om daarna gezellig verder te kibbelen over een volgend onderwerp.
Hun ouders praten nog wat door over de boekpresentatie, Kathy hoopt dat Sybrands boek nu ook snel uitkomt en verheugt zich op zijn eigen signeerfeestje.
'Zullen we dat ook in De Dikke Van Dale houden?' Sybrand lacht. 'Niet zo ongeduldig, dat duurt nog wel even, ik heb pas de eerste versie naar de uitgever gestuurd, die moet het nog lezen en dan komen er eindeloos veel veranderingen. Mis-

schien moet ik wel hele stukken overschrijven, daar gaat wel een half jaar overheen. We zien wel, we hebben alle tijd een leuk plekje uit te zoeken.'
'Vond je niet dat Robert nogal abrupt een einde aan het feestje maakte? Hij had helemaal niet veel gedronken, alleen aan het eind een glaasje champagne met ons. Verder een hele fles Spa tijdens het signeren. Ik vond het een raar excuus om opeens weg te gaan. Hij reed ook zelf in de Minerva, anders had hij Céleste wel laten rijden, net als de vorige keer.'
Sybrand denkt even na. 'Ja, ik vond het ook een beetje vreemd, niets voor Robert. Ik had hem en Céles willen vragen om met ons uit eten te gaan, maar kreeg daar jammer genoeg geen kans toe. Zullen we daarvoor in de plaats met z'n vijven pizza's gaan eten in dat nieuwe Italiaanse restaurant? Dan halen we nu Benjamin op en rijden meteen terug.'
Dit voorstel wordt met instemming begroet op de achterbank.
Kathy laat zich niet afleiden. 'Het had iets te maken met dat gedoe met die teckel en toen we het over de dood van Emma's man kregen. Hij verstarde helemaal. Hij herstelde zich wel heel snel, maar er was toch iets en Céles reageerde ook ongewoon, geschrokken, leek het.'
'Overdrijf je niet een beetje, Kath? Het was een heel leuke happening en Robert genoot duidelijk van al die aandacht en positieve reacties. En terecht, het boek ziet er schitterend uit en heeft al heel goede recensies.'
'En toch vraag ik me af of de heftige reactie van de teckel en de vreemde reactie van Robert op het noemen van Emma's naam iets met elkaar te maken hebben. Zouden ze toch iets van dat ongeluk gezien hebben?'
'Daar geloof ik niets van, we hadden het gewoon over teckels en helemaal niet over het ongeluk, dat verbeeld je je maar. Het zijn gewoon alle drie teckelliefhebbers. Robert en Céleste waren die avond niet in de buurt van dat ongeluk, dat weet je toch? Ze hebben er natuurlijk wel over gehoord

en gelezen, maar zelf hebben ze er echt niets mee te maken gehad. Ik geloof Robert onvoorwaardelijk op zijn woord.’

Hoofdstuk IX

Het blijft zomers warm. Ik loop de oprit van de Janssens op voor het gebruikelijk geworden dinsdagmorgen-kopje-koffie. Ik heb nog steeds geen zin om me onder de mensen te begeven, maar Mariët is oké. Haar bemoeizucht maakt me af en toe razend, maar ze bedoelt het goed en zonder haar was ik waarschijnlijk helemaal niet meer aanspreekbaar geweest. Ze was voor ze hier een jaar of twee geleden kwam wonen maatschappelijk werkster en weet hoe je moeilijke gevallen als ik moet hanteren. Ze probeert wat regelmaat in mijn leven te brengen, vandaar die vaste afspraak op dinsdagochtend. Maar leuke uitstapjes met de Janssens in het weekend zijn nog niet aan mij besteed. Vandaag heb ik een nieuwtje voor haar.
'Harold en Jeroen komen met Hemelvaartsdag een lang weekend logeren, ze zouden jou en Coen ook graag weer eens zien, sinds het ongeluk is daar niet meer zoveel van gekomen. Komen jullie volgende week zondag bij ons eten? Jeroen kookt, je weet dat koken zijn hobby is.'
'Lijkt me enig, we hebben dan wel een afspraak, maar die kan ik best een weekje verzetten. Coen zal het ook heel leuk vinden.' Ze kijkt vergenoegd, dit is volgens haar weer een stap voorwaarts op de weg naar mijn oude ik. Misschien heeft ze gelijk. Ik heb nu even weer wat om naar uit te kijken, kan op mijn beurt wat terugdoen voor die twee mannen waar ik zo op gesteld ben en die zo goed voor mij gezorgd hebben afgelopen winter.
'Ze zijn de enige familie die ik nog heb. De rest is allemaal dood.'
'Heb je ook geen nichtjes of neven meer?'
'Nee, tenminste ik ken ze niet. Onze ouders zijn samen bij een auto-ongeluk omgekomen toen ik twee was en Harold vier.'
Mariët kijkt me geschrokken aan. 'Wat vreselijk, eerst je

ouders en nu je man op dezelfde manier te moeten verliezen.'
Ik schud mijn hoofd. 'Nee, de dader van Freds ongeluk is een moordenaar die gewetenloos is doorgereden, de vrachtwagenchauffeur die het ongeluk van mijn ouders veroorzaakte is daarbij zelf ook omgekomen. Hij was medeslachtoffer.'
Het is een tijdje stil, Mariët schenkt nog een kopje koffie in.
'Wat is er daarna met jou en Harold gebeurd?'
'We zijn door onze grootouders in Kampen opgevoed.'
'Wat vervelend om door zulke oude mensen opgevoed te worden.'
'Nee hoor, ze waren helemaal niet zo oud. Mijn opa was een vriendelijke, zachtaardige man, maar hij zat wel een beetje onder de plak van oma, zijn tweede vrouw. Zijn eerste vrouw, de moeder van onze moeder en dus onze echte oma, hebben we nauwelijks gekend. Zij was een mooie, maar frivole, avontuurlijke vrouw, die daarna nog vier keer getrouwd en gescheiden is, waarvan twee keer van dezelfde man.'
Mariët kijkt me vol ongeloof aan. 'Heb je die andere opa's ook wel eens gezien?'
Ik schud mijn hoofd. 'Nooit, dat had ze allemaal al achter de rug toen we haar voor het eerst ontmoetten, zeer tegen de wil trouwens van mijn opa en oma.'
Ik moet er ondanks mijzelf om lachen.
'Wel een beetje ingewikkeld, zeg, die verschillende grootmoeders. Heb je nog andere familie?'
'Ja, van mijn vaders kant nog wel wat, maar daar hebben we ook geen contact mee.'
'Vind je dat niet jammer?'
'Och nee, ik kende die kant van de familie helemaal niet, mijn moeder was enig kind en mijn vader was in de ogen van mijn grootmoeder geloof ik beneden hun stand en in elk geval van een verkeerd geloof. Dat telde in die tijd nog sterk.'
'Dan zal je moeder ook niet zo'n leuke jeugd gehad hebben.'

'Toch wel, denk ik. Ze mocht niet uitgaan, maar deed het toch, waarschijnlijk had ze wel een aardje naar haar moeder. Zo ontmoette ze mijn vader, die toentertijd in een bekende jazzband speelde. Ze zijn stiekem getrouwd en ze waren heel gelukkig samen, mijn moeder ging zingen in de band van mijn vader. Het was een knap stel, ik heb foto's van hen uit die tijd. Op een nacht, op de terugweg van een optreden slipte een vrachtwagen en botste frontaal op hun auto. Ze waren allebei op slag dood.'
Mariët schoof in haar stoel en tekende met de punt van haar schoen figuurtjes in het zand van de border. 'Gelukkig dat Harold en jij toch weer een goed tehuis hebben gevonden bij jullie grootouders.'
Mariët legt troostend haar warme hand op mijn krampachtig verstrengelde vingers in mijn schoot.
'Ja, dat is zo. We mochten best veel. Harold was heel sportief, hij voetbalde in de winter en speelde cricket in de zomer, maar ik deed niets liever dan lezen. Vanaf de eerste klas van de lagere school heb ik aan één stuk door gelezen. Eerst de stichtelijke boeken van mijn grootouders en daarna heb ik al de boeken van de schoolbibliotheek verslonden. En ik mocht lid worden van de gemeentebibliotheek. Maar toen mijn grootmoeder mij eens betrapte op het lezen van een stripboek heeft ze dat afgepakt en in de open haard verbrand.'
'Jeetje, dat is wel heftig.'
'Ze vond stripboeken frivool en vreesde dat ik een aardje naar mijn moeder en grootmoeder had. Ze moest niet alleen de kosten van het boek aan de bieb betalen, maar ook een boete, net goed.'
Ik moet een beetje lachen bij de herinnering.
'Gelukkig was ik achteraf bezien een heel gedwee meisje, zelfs kwezelachtig.'
Mariët kijkt me onderzoekend aan. 'Daar herken ik je helemaal niet in.'

‘Dat is allemaal veranderd op de dag dat ik ging studeren en helemaal nadat ik Fred had ontmoet.’
Mariët haalt vragend haar wenkbrauwen op en ik realiseer mij dat ik tot nu toe weinig over mijzelf en Fred heb verteld.
‘Meteen na mijn studie scheikunde kreeg ik mijn eerste baan op het lab van Freds fabriek. Ik had Fred eigenlijk nog nooit van dichtbij gezien, laat staan gesproken, al wist ik wel dat hij in een scheiding verwikkeld was, daarover werd natuurlijk gepraat. Het lab lag nogal afgezonderd op het uitgestrekte industrieterrein, ver van de kantoren en productiehal. Op een dag kreeg het bedrijf een belangrijke Chinese delegatie op bezoek. Dat gebeurde wel vaker, maar dit keer wilden ze ook ons lab bekijken. Er was een streng protocol waar iedereen zich aan moest houden, maar de Chinezen bleken erg geïnteresseerd en hun bezoek liep hopeloos uit omdat een van hun ingenieurs steeds bleef staan om vragen te stellen. Toevallig ook aan mij, omdat ik met onze nieuwste microscoop aan het werk was. Niks bijzonders eigenlijk, maar bij het weggaan complimenteerde Fred mij en de dag daarna belde zijn secretaresse naar het lab en vroeg of ik even op het hoofdkantoor wilde komen. Nou, en zo is het gekomen.’
Als Mariët ziet dat ik het daarbij wil laten en ik het bij de herinnering aan onze eerste ontmoeting even te kwaad krijg staat ze op en legt even vol begrip haar hand op mijn wang. Dan haalt ze heel praktisch een schone, netjes opgevouwen zakdoek uit de achterzak van haar spijkerbroek en geeft die aan me. Zonder verder een woord te zeggen loopt ze naar binnen en laat me alleen met mijn verdriet. Ze komt terug met twee glazen en een fles witte wijn. Na een flinke slok vraagt ze een beetje gemaakt opgewekt: ‘En hoe is het toen verder gegaan met je lichtzinnige oma?’
‘Oh die, die heeft met al die echtgenoten door heel Europa gezworven en uiteindelijk zonder man haar definitieve woonplaats gekozen in Menton, Zuid-Frankrijk, zo dicht

mogelijk bij Monte Carlo, waar ze vermogens heeft gewonnen en verspeeld in het Casino. Ze is daar ook gestorven, te midden van vrienden, medespelers en minnaars.'
'Ongelofelijk, het is net een verhaal uit een boek.' Daar heb ik geen antwoord op en ik grinnik maar een beetje terwijl ik nog een slokje neem van de heerlijke koele Pinot Grise.
Mariëts nieuwsgierigheid is nog niet helemaal bevredigd, ze wil nog weten hoe het verder met Harold is gegaan, maar ik wil niet meer over vroeger praten en maak het kort: 'Je weet dat Harold als hoogleraar Nanotechnologie aan de Universiteit van Twente verbonden is en Jeroen is leraar tekenen en kunstgeschiedenis aan een middelbare school in Enschede. Hij heeft mij toen ze elkaar net kenden ook een paar lessen gegeven en aangeraden te gaan schilderen. Daar heb ik nu geen zin meer in.'
Het is eigenlijk te vroeg om al zoveel wijn te drinken. Mariët maakt toastjes met gerookte zalm, de vogels zingen, de tuin ruikt lekker naar bloesem en de bomen, en langzaam neemt een loom gevoel dat een beetje lijkt op geluk bezit van mij. Mariët is niet alleen een goede vriendin, maar ook een heelmeesteres.

Hoofdstuk X

Emma hoort precies op de afgesproken tijd de auto van de mannen het grint van de oprit oprijden terwijl ze in de keuken nog bezig is de borrelhapjes op een schaal te rangschikken. Ze veegt haar handen af en strijkt snel een haarlok uit haar gezicht voor ze buitenom naar voren loopt om Harold en Jeroen te verwelkomen. De kap van de cabriolet is naar beneden en ze hebben zich zomers uitgedost met zonnebrillen en petjes met grote kleppen. Dat belooft wat. Nog voor de Saab helemaal stilstaat, opent Jeroen het portier en stapt uit om met wijd uitgespreide armen Emma tegemoet te lopen en te omhelzen. Ze realiseert zich met een plotselinge pijnsteek dat het lang geleden is dat ze voor het laatst mannenarmen om zich heen heeft gevoeld en even koestert ze zich in zijn warme omhelzing. Jeroen doet een stapje terug en neemt haar vorsend op en knikt goedkeurend. 'Je ziet er goed uit, Emmy. Gaat het beter met je?' Ze glimlacht en knikt terug zonder iets te zeggen.
Inmiddels is Harold ook uitgestapt en kust zijn zusje op beide wangen. 'Fijn om hier weer te zijn, zo te zien heb je al heerlijk van de voorjaarszon genoten. En is het weer sproetentijd,' laat hij er plagend op volgen. Zowel hij als Emma hebben rossig haar en een lichte huid, die bij Emma al bezaaid is met sproeten, wat haar een jonge uitstraling geeft. Hij aait liefkozend even over haar wang voor hij zich omdraait om de bagage uit de auto te halen. Met z'n drieën lopen ze door de open tuindeuren naar binnen terwijl Jeroen verslag doet van hun reis. 'We schoten lekker op, hadden zelfs nog tijd voor een kopje koffie onderweg.'
In de hal blijft hij verrast staan. 'Hé Ems, je hebt Freds portret hier gehangen, waarom heb je dat gedaan? Het hangt hier wel wat donkerder dan in zijn werkkamer.' Emma bijt even bijna onmerkbaar op haar lip en antwoordt dan rustig:

'Je hebt gelijk, maar ik wilde hem toch hier hangen, dan is hij er als ik alleen thuis kom en boven in zijn kamer kom ik niet dagelijks en hier kan ik hem ieder moment zien als ik door het huis loop. Er moet alleen nog een spotje boven hem aangelegd worden. Ik hoop dat jullie mij daarbij willen helpen.' Harold valt haar bij: 'Je hebt gelijk, het is bovendien een prachtig schilderij, Jeroen heeft hem ongelofelijk goed gelijkend geschilderd. Het is hem helemaal en ik begrijp best dat je zo het gevoel hebt dat hij nog bij je is.'
Hij legt zijn arm om haar schouder.
'Kom. Het is tijd voor een pilsje en morgenochtend gaan we meteen een beetje verlichting aanbrengen met een ledlampje in het plafond. Dat kan de hele dag aanblijven en kost haast niks.'
Jeroen neemt hun koffers van hem over en kijkt Emma vragend aan. 'De grote logeerkamer aan de voorkant heb ik voor jullie in orde gemaakt, handdoeken liggen klaar in de badkamer. Wil jij zo ook een biertje, of drink je met mij witte wijn?' Jeroen grinnikt: 'Wijn op bier geeft plezier. Ik begin met een biertje, want ik heb dorst na die lange rit en dan volg ik jou snel met witte wijn.' Harold loopt met Emma mee de keuken in en zet een grote zak op het aanrecht waaruit hij een tiental pakjes haalt, feestelijk verpakt in papier bedrukt met de naam van een bekende traiteur in Enschede. 'Cadeautjes voor onze lieve gastvrouw, ik zou ze nog maar even in de ijskast zetten, vóór je ze uit gaat pakken als Jeroen er ook bij is. Het is van ons samen.' Hij kijkt onderzoekend de keuken rond en pikt een toastje van de schaal. 'Kan ik je ergens mee helpen? Zal ik de flessen en glazen vast mee naar buiten nemen? Het is nog wel een uurtje lekker op het terras, voor het te koud wordt.' Emma knikt en vult nog een paar kommetjes met nootjes, zoute koekjes en chips die ze op een blad zet en Jeroen die inmiddels weer beneden is, in zijn handen duwt. 'Kom mee, ik heb een schotel in de oven gezet die

ruim een uur nodig heeft om te stoven, dus we hebben alle tijd.' Ze lacht. 'Een echt Brabants recept, konijnenbouten met pruimedanten in donkerbruin bier gegaard, echt heerlijk.' Ze lopen met z'n drieën naar het terras.
'Wat is je tuin al mooi in kleur, heeft Govert je daarbij geholpen?'
'Ja, en zijn zoon heeft alles gesnoeid en daar achterin heeft hij een vijver met waterplanten gemaakt. Dat was Fred altijd nog van plan, hij had de tekening ervoor al klaar.'
Ze verandert vlug van onderwerp: 'Heb je je schildersspullen meegenomen, Jeroen? Genoeg afwisseling in kleur en met een beetje geluk zie je de bonte en de groene specht op wormenjacht in de ochtendzon.'
'Nee, ik ga deze keer niet schilderen, Harold en ik hebben andere plannen.'
'We dachten aan de Efteling morgen. Daar zijn we sinds je elfde verjaardag niet meer geweest en Jeroen heeft nog nooit in een achtbaan gezeten.' De beide mannen grinniken als ze haar verbouwereerde gezicht zien. Jeroen stelt haar gerust: 'Natuurlijk niet. De weersvoorspelling voor Hemelvaartsdag is perfect, we gaan gezellig naar Nijmegen, terrasje pikken op de Grote Markt en als je dat leuk vindt gaan we daarna een kijkje nemen in museum Het Valkhof. Daar is een interessante tentoonstelling Moderne Kunst. Ik trakteer op een dinertje in Gasterij Als Toen, een van de beste restaurants in de stad. Wat vind je daarvan?'
'Een geweldig plan.'
Ze pakt hun meegebrachte pakjes uit en bedankt de mannen uitbundig voor de uitgelezen collectie ambachtelijke patés, pasteitjes, pikante sausjes en delicate éénpersoonsdesserts. 'Heerlijk gezelschap als je je verveelt of je een beetje alleen voelt, meisje. Dan kan je even aan ons denken en word je zó weer vrolijk. En als het allemaal op is, komen we meteen weer een nieuwe voorraad brengen.'

‘Afgesproken. Ik heb ook een klein cadeautje voor jullie samen. Een gesigneerde thriller van een auteur hier uit de buurt. Ik ben naar de presentatie van zijn boek geweest. Het was heel apart.’ Na een lichte aarzeling vertelt ze over haar ontmoeting met de schrijver en zijn teckel. ‘Hij leek sprekend op Paddy, maar ja, alle ruwharige teckels lijken immers op elkaar.’
Emma loopt terug naar de keuken om de oven te checken. Ze heeft de tafel al gedekt en hoeft alleen nog de sla droog te zwaaien en van haar beroemde dressing te voorzien. Een heerlijke avond samen ligt in het verschiet.

***

Ze lopen in de zon over de Grote Markt in Nijmegen, de terrasjes zijn vol met vrolijke mensen, in felgekleurde kleding zonder jas, die praten, eten en drinken en genieten van de zon op Hemelvaartsdag. Emma en haar beide mannen vinden na enig zoeken een plaatsje op het terras met uitzicht op het prachtige Waaggebouw en de monumentale Stevenskerk. Ze bestellen een fles prosecco en bekijken en becommentariëren de mensen die voorbijslenteren, met geen ander doel dan bekeken te worden en te genieten van deze midweekse vrije dag en het mooie weer. Er steekt een mooie jonge vrouw het plein over met een hondje aan zijn riem naast haar. Harold en Jeroen volgen haar even met hun ogen, net zoals de meeste mensen. Ze loopt op een groepje leeftijdgenoten toe die haar wenken bij hen te komen zitten aan de overkant. Emma volgt hun blik en zegt verbaasd: ‘Wat toevallig, daar heb je dat vrouwtje van die schrijver waarvan ik jullie dat boek heb gegeven. Ze is een Belgisch fotomodel, minstens zo beroemd als Doutzen Kroes, maar ik vind haar mooier. Datzelfde hondje was ook bij haar toen ik haar op de presentatie zag waar ik jullie over verteld heb.’

'Merkwaardig,' zegt Jeroen en bekijkt met hernieuwde interesse de vrouw die intussen de hond op schoot heeft genomen en Harold merkt nuchter op dat hij inderdaad het evenbeeld is van Emmy's Paddy. 'Ben je al toe aan een nieuw hondje? Wij hebben erg in dubio gestaan of we een pup voor je zouden meenemen, vlak bij ons is net een week of zes geleden een nestje geboren met schattige ruwharige teckels, maar we wilden dat toch eerst met jou overleggen.'
Emma schudt haar hoofd en zegt dat ze er wel over denkt, maar nog niet besloten heeft. Dan doet ze iets onverwachts. Ze staat op en fluit schel en roept hard over het plein: 'Paddy! Paddy, kom hier!' In een flits springt het hondje van de schoot van zijn bazin en rent als een speer, de riem los achter zich aanslepend, het plein over en springt jankend tegen Emma op, die hem optilt en snikt 'Paddy, mijn hondje.' De teckel likt uitgelaten Emma's gezicht, uitzinnig van vreugde, en uit kleine vreugdekefjes. Er is geen twijfel mogelijk dat dit een gelukkig weerzien is. Inmiddels is de Belgische achter haar hond aangerend en roept over haar toeren: 'Blijf van mijn hond af. Sodeju, ben jij het? Je hebt al eerder geprobeerd mijn hond af te pakken hè, bij dat boekenfeestje.' Ze komt dreigend een stap dichterbij en geeft Emma met de punt van haar goudkleurige Chloé-pump een venijnige schop tegen haar scheenbeen. 'Geef me mijn hond terug!' Emma kan ternauwernood haar evenwicht bewaren en doet snel een stap achteruit, haar armen beschermend om de teckel geslagen en kijkt verbluft naar de schaafwond op haar been waar een druppeltje bloed zich uit losmaakt. Harold gaat beschermend voor zijn zusje staan en Jeroen legt een bezwerende hand op de schouder van de boze vrouw die onbeheerst aan de riem van de teckel begint te rukken en het geschrokken beestje zo bijna wurgt. Jeroen torent met zijn twee meter hoog boven haar uit, scant met zijn kunstenaarsblik snel haar fijne trekken die nu verwrongen zijn door

paniek, constateert terloops dat haar lange haren puur natuur blond zijn en spreekt haar kalmerend toe: 'Rustig, mevrouw. Ga even zitten, dat praat makkelijker.' Céleste's vrienden, een jongeman met een goed verzorgd kortgeknipt baardje en twee mooie jonge vrouwen, waarschijnlijk ook modellen, komen er ook bij staan en vragen op boze toon wat er aan de hand is. Emma veegt haar gezicht met een tissue droog, maar houdt de teckel die inmiddels ook wat rustiger geworden is, met haar andere hand stevig tegen zich aangedrukt. Harold neemt de regie en stelt zich voor: 'Ik ben Harold Verlinden, de broer van mevrouw Emma Verschoor, die onlangs haar teckel is verloren en denkt die nu teruggevonden te hebben. Dit is Jeroen van der Schraaf, wij logeren bij mijn zuster. Ik stel voor dat we naar binnen gaan en daar rustig verder praten, waarschijnlijk is hier sprake van een misverstand.'
De drie anderen, de man met het baardje en twee goedverzorgde jonge vrouwen, stellen zich ook voor en stemmen in met Harolds voorstel. Ze vinden achterin het café een rustig plekje en een van Céleste's vriendinnen loopt even terug naar de overkant om hun snelle vertrek te verklaren en hun consumpties te betalen. Terwijl Céleste zonder resultaat probeert haar man Robert op zijn gsm te bereiken, begint Harold rustig uit te leggen hoe Emma haar teckel bij het ongeluk van haar man is kwijtgeraakt en nu denkt dat Tax van Céleste haar verloren gewaande Paddy is. Hij roert daarbij het voorval tijdens de boekpresentatie aan. Emma zelf zwijgt, Céleste probeert hem tevergeefs enkele malen in de rede te vallen, de anderen luisteren en laten hem uitpraten. Dan neemt de man, die Rogier blijkt te heten, het woord: 'Céles, jij hebt dit hondje al een hele tijd, sinds de winter dacht ik. Hoe kom je eigenlijk aan hem? Zou het kunnen dat hij inderdaad vroeger van deze mevrouw is geweest?'
Céleste's stem heeft de aanvankelijke schrilheid grotendeels verloren. Rustiger nu, vertelt ze dat zij en haar man Robert

passen op de hond van een vriendin van haar moeder, die in Antwerpen woont en die een jaar op wereldreis is.
'Weet je hoe zij aan deze hond is gekomen? Heb je een paspoort en inentingsboekje ofzo meegekregen, waarin we wat gegevens kunnen vinden over de herkomst van dit dier?'
'Ja, ik denk het wel. Robert heeft die papieren vast ergens opgeborgen, ik weet niet precies waar. Ik kan hem momenteel niet bereiken, zijn telefoon staat uit.' Haar voet stampt machteloos op de grond. 'Hij is de hele dag aan het golfen op De Wouwse Plantage. Hij moest zo nodig aan de jaarlijkse Douwtrapwedstrijd meedoen en is vanavond pas laat thuis.' Ze probeert wanhopig te bedenken wat ze ook alweer afgesproken hadden over de herkomst van Tax, maar kan zo gauw niets anders verzinnen dan: 'Robert heeft gezegd dat ik hem mag houden als mijn moeders vriendin hem niet terug wil hebben. Ze is zo vaak weg.' Met een vijandige blik naar Emma voegt ze eraan toe: 'Tot dan zijn wij verantwoordelijk voor hem en sta ik hem niet zomaar af.'
Een vriendin valt haar bij en zegt kalmerend: 'Natuurlijk moet mevrouw Verschoor eerst bewijzen dat hij van haar is. Voorlopig hoort hij bij jou en Robert.' En tegen de andere vrienden: 'Dat vinden jullie toch ook?' Ze zijn het met haar eens. Met herwonnen zelfvertrouwen strekt Céleste haar handen uit naar Emma om het hondje van haar over te nemen, maar Harold houdt haar tegen. 'Wacht even, we zijn er nog niet. Mijn zuster gaat nu vertellen waarom ze denkt dat dit haar hond is.' Hij geeft Emma een bemoedigend knikje en zegt vriendelijk: 'Zie je iets aan deze hond, een vlekje of litteken, waardoor je zeker weet dat dit Paddy is? En wat belangrijker is, heb jij papieren waarmee je zou kunnen bewijzen dat deze hond van jou is?' Met zachte stem, die sterker wordt naarmate ze verder spreekt, vertelt Emma dat haar Paddy vier en een half, nee, nu vijf jaar oud is. 'Mijn man is op 17 november vorig jaar 's avonds laat overreden

toen hij Paddy uitliet en sindsdien is onze teckel verdwenen. Iedereen dacht dat hij ook bij het ongeluk was omgekomen, maar we hebben hem niet gevonden. Ik heb zijn stamboom en zijn paspoort met jaarlijks ingevulde inentingen thuis. Hij is gechipt, achter zijn linkerschouder, het nummer is met een laserapparaatje te lezen. Met zijn rechtervoorpoot heeft hij een keertje in prikkeldraad gezeten en dat heeft een klein litteken achtergelaten. Kijk maar.' Ze pakt de poot van de hond en laat een minuscuul klein kaal plekje in het ruige bruin-beige vachtje zien. 'Ik weet zeker dat hij mij meteen herkende toen bij die boekpresentatie en nu ook. Hij is van mij.'
'Niet waar, alle teckels lijken toch op elkaar, zo'n klein streepje op zijn poot bewijst niets,' gilt Céleste. 'En hij is vriendelijk tegen iedereen die hij ziet, ik heb nog nooit gemerkt dat hij tegen een vreemde gromde, hij is altijd blij als hij aangehaald wordt. Ik wil naar huis en ik neem mijn Taxje mee!'
Jeroen heeft zich afzijdig gehouden en het gezelschap van een afstandje geobserveerd. Onwezenlijke situatie stelt hij vast. Bij nader inzien komt het mooie meisje hem wel enigszins bekend voor, hij heeft haar waarschijnlijk wel eens in een tijdschrift gezien. Ze begint weer aan de teckel te trekken en zoekt met grote paniekogen steun bij het kleine groepje vrienden dat er een beetje bedremmeld bij staat. Dan wendt Rogier zich resoluut tot Harold. 'We komen zo niet verder, meneer Verlinden. Mag ik Harold zeggen? Laten we beginnen met elkaars nummer in onze gsm's te zetten en meteen een afspraak maken om morgen, als Robert van Hout, de man van Céleste, ook van de partij kan zijn, bij elkaar te komen om de identiteitspapieren en eigendomsbewijzen van de honden te bekijken. Tot dan stel ik voor dat Céleste de teckel meeneemt. Zij had tenslotte de hond bij zich en was de verzorgster van hond Tax op het moment dat mevrouw Verschoor en zij elkaar vanmorgen ontmoetten en de eigen-

domskwestie begon te spelen.' Harold kijkt eerst Jeroen aan, die knikt en dan een voor een de aanwezigen, voor hij een arm om Emma slaat en het hondje van haar overneemt. 'Dat lijkt me fair. Het moet eerst onomstotelijk vast komen te staan door controle van de chip en het paspoort van dit hondje of mijn zuster of de vriendin van de Belgische moeder van mevrouw Van Hout de eigenaar is. Tot dan gaan we terug naar de situatie aan het begin van dit conflict, namelijk dat Tax terug gaat naar mevrouw Van Hout. Bent u het daar allemaal mee eens?'

Hoofdstuk XI

Als Robert 's avonds laat in een uitgelaten stemming thuis komt treft hij zijn vrouw in doffe wanhoop aan. Nog voor hij iets heeft kunnen zeggen werpt ze zich huilend in zijn uitgestrekte armen, waardoor hij het kristallen beeldje dat hij die dag gewonnen heeft en haar triomfantelijk wil laten zien uit zijn handen laat glippen. Het valt in duizend glinsterende scherven uiteen op de marmeren vloer van de hal. Geschrokken laat ze hem los, slaat haar hand voor haar mond, stamelt: 'Oh, wat vreselijk!' en begint opnieuw hartverscheurend te huilen.

'Céles, wat is er, wat is er gebeurd?' Schrik en boosheid wisselen elkaar in razend tempo af in zijn hoofd. Hij schuift met zijn voet het glas een beetje bij elkaar en pakt Céleste bij haar schouders, strijkt een haarsliert van haar natte wangen. 'Rustig nou, vertel me wat er voor ergs is gebeurd, die rotzooi ruim ik zo wel op.' En na een weemoedige blik op de restanten van zijn gewonnen prijs leidt hij haar naar de zitkamer, waar de teckel hem vrolijk kwispelend verwelkomt.

'Ze gaan Taxje van mij afpakken,' snikt ze. 'Die vrouw zegt dat hij van haar is en dat ze dat kan bewijzen.' Een nieuwe huilbui volgt.

'Liefje, kalmeer eerst even en begin dan bij het begin.' Hij slaagt er niet helemaal in de irritatie in zijn stem te onderdrukken. Hij haalt een glaasje water voor zijn vrouw en schenkt voor zichzelf een whisky in. Céleste's tanden klapperen tegen de rand van het glas, terwijl ze haastige slokken neemt.

'Wie wil Tax van je afpakken?'

'Emma, de vrouw van de man die we overreden hebben. Maar ik wist natuurlijk toen nog niet wie ze was.' Ze kijkt Robert radeloos aan, die verstijft van schrik en kan even

geen woord uitbrengen. Gelukkig merkt Céleste niets van zijn geschrokken reactie en gaat verder met haar verhaal: 'Ik liep over de Grote Markt in Nijmegen, met Tax aan de lijn. Ik had met Moira en Florentine afgesproken, zij zaten met Rogier op een terrasje te wachten en wenkten om erbij te komen. Net toen ik zat floot iemand aan de overkant van het plein en die vrouw die ik ook al op je boekpresentatie had gezien riep keihard PADDY!' Céleste's stem slaat over en de emoties van die ochtend nemen weer bezit van haar. Ze moet eerst weer een slokje water nemen voor ze weer iets verstaanbaars uit kan brengen. 'Taxje rukte zich los en vloog dwars over het plein naar haar toe. Jankte, net als toen en sprong tegen haar op. Ze pakte hem op en hij likte haar gezicht. Vreselijk.' Meer tranen. 'Ik rende naar haar toe, de anderen liepen mee, en ik eiste natuurlijk meteen mijn hond terug. Ze wilde Tax niet teruggeven. De broer van die vrouw was er ook bij en nog iemand. Het was van de zotte, iedereen keek naar ons. Zó gênant allemaal. Ik probeerde je te bellen, maar je telefoon stond uit.' Ze kijkt hem beschuldigend aan. 'Het is allemaal jouw schuld, als jij niet...'
Hij onderbreekt met een ongeduldig handgebaar haar woordenstroom. 'Hou op, Céles! Vertel nu even rustig en in de juiste volgorde wat er is gebeurd. Dan zal ik je helpen een oplossing te vinden.' Ze neemt nog een slokje water en hervat nu rustiger haar verslag.
'Die broer stelde voor dat we even bij een lunchroom aan het plein naar binnen zouden gaan om verder te praten. Ik vertelde het verhaal van de vriendin van Maman, zoals we hadden afgesproken. En zij zeiden dat ze de stamboom en het inentingsboekje van haar hond Paddy hadden en dat een dierenarts het chipnummer kan scannen en zo zijn identiteit kan vaststellen. En ze liet een litteken dat Tax op zijn poot heeft zien en vertelde hoe hij daaraan gekomen was. Ze vonden allemaal dat het dus eenvoudig te bewijzen is van wie

de teckel is. Rogier en de broer hebben afgesproken dat we morgenmiddag bij een dierenarts de papieren vergelijken en vragen of hij de chip checkt. Dat kan met een of ander afleesapparaat. Rogier is er dan ook bij. Tot dan moest ze Taxje aan mij teruggeven, zeiden ze. En morgen raak ik mijn Taxje kwijt, want wij hebben die papieren natuurlijk niet.'
Ze kijkt Robert vertwijfeld aan.
In een poging om een nieuwe huilbui te voorkomen schenkt Robert ook voor Céleste een whisky in.
'Luister. Jij gaat morgenochtend vroeg meteen naar Antwerpen en je neemt Tax mee. Je gaat naar je moeder zogenaamd om te proberen contact te maken met haar reizende vriendin en om zo aan de papieren van Tax te komen. Dat kan wel enige tijd in beslag nemen, dat zullen zij ook wel snappen. Ondertussen gaan we proberen dat chipnummer te verwijderen of te veranderen. Aan papieren is ook wel te komen, laat dat maar aan mij over.' Hij knikt haar bemoedigend toe en sluit met een diepe zucht zijn ogen. Dan trekt hij Céleste naar zich toe, woelt met een gebaar dat liefdevol bedoeld is door haar lange blonde haren en vervloekt ondertussen zijn vrouw die altijd haar zin moet hebben en die rothond heeft meegenomen op die fatale avond.
'Ik ga morgen in jouw plaats naar die afspraak en leg wel uit waarom je meteen naar Antwerpen bent gegaan. Zodoende is Tax er niet bij en kan zijn chipnummer ook niet gecontroleerd worden.'

Opgelucht staat Céleste op om naar boven te gaan en Robert pakt stoffer en blik om zijn onherstelbaar vernielde trofee op te vegen. Het is of hij tegelijkertijd met de scherven zijn illusies over zijn veelbelovende toekomst in de vuilnisbak gooit. Moedeloos grist hij de hondenriem van de haak bij de voordeur en roept Tax voor zijn avondwandeling.
Ver weg roept een uil verlangend in de zwoele nacht.

Hoofdstuk XII

'Ik heb geen oog dichtgedaan vannacht. Ik kan niet wachten tot ik Paddy weer thuis in zijn mandje heb. Het ruikt nog helemaal naar hem, hij kan er zo weer in.'
Ze zijn alle drie vroeg opgestaan en zitten aan de keukentafel te ontbijten. Jeroen is het ochtendmens in dit gezelschap en heeft de tafel gedekt. Het ruikt lekker naar toast en vers geperst sinaasappelsap. Emma ziet er ondanks haar doorwaakte nacht opgewekt uit, nog niet helemaal opgedroogde krulletjes plakken op haar voorhoofd. Haar blik dwaalt geregeld af naar de hondenmand die ze de vorige middag meteen na thuiskomst al van de zolder heeft gehaald, en met de tegen beter weten in toch bewaarde dekentjes en zelfs Paddy's oude aangevreten knuffeldier heeft klaargezet. Harold zit nog ongeschoren in een felgele ochtendjas aan een stuk door te gapen en heeft koffie nodig om helemaal tot bewustzijn gebracht te worden.

Want nadat ze het erover eens waren geworden dat hun uitje naar Nijmegen grondig verpest was, hadden Emma en haar twee mannen besloten maar terug naar huis te gaan en thuis te lunchen.
Emma was meteen naar Freddy's studeerkamer gerend om Paddy's registratieformulier, stamboom, paspoort en inentingsboekje tevoorschijn te halen. Ze had het stapeltje triomfantelijk alvast op het tafeltje bij de voordeur klaargelegd, maar toen was als bij toverslag de euforie vervangen door grote onzekerheid. De vreugde van die ochtend over het weerzien was verdwenen. Ze had lusteloos kleine hapjes genomen van de Quiche Lorraine die Jeroen in een handomdraai op tafel had getoverd en weigerde zelfs het glas koele rosé dat Harold voor haar ingeschonken had. Ze hadden geprobeerd haar op te beuren.

‘Het komt allemaal goed, Ems, we kunnen gemakkelijk bewijzen dat het jouw Paddy is, die modepop heeft geen poot om op te staan.’
‘Hoe heet die dierenarts ook alweer? Jullie zijn toch goed bevriend? Je kan haar toch wel op Hemelvaartsdag bellen om te vragen of ze morgen de chip wil controleren? Ze kan dan ook het litteken verifiëren.’ Het hielp niet, ze bleef stil en in zichzelf gekeerd.
Kort na de middag had Emma een boodschap ingesproken in het antwoordapparaat van Anne-Marie van Santen, de dierenarts, en haar gevraagd zo snel mogelijk terug te bellen om een afspraak te maken. Daarna was Harold erin geslaagd zijn zusje enigszins gerust te stellen en had haar overgehaald een middagdutje te doen. Hij en Jeroen zouden de telefoon opnemen als er teruggebeld werd. Dat gebeurde pas begin die avond. Een afspraak werd gemaakt voor de volgende middag om vijf uur na het reguliere spreekuur in de praktijk van Van Santen. Harold had daarop Rogier op de hoogte gebracht, die het zou regelen met Robert van Hout. De rust had Emma goed gedaan en de avond was ontspannen verlopen.
‘Waarom hebben jullie de teckel eigenlijk Paddy genoemd?’
‘Fred en ik hebben hem als pup meegenomen uit Ierland. Hij heeft een Ierse kampioen als vader. Hij heette Padraig toen we hem kochten, veel te formeel voor zo’n schattig harig beestje. Padraig is Iers voor Patrick, de beschermheilige van Ierland. Alle Ierse jongens die Padraig heten worden Paddy genoemd. We vonden dat dat veel leuker klonk en beter bij hem paste.’
Ze hadden nog wat herinneringen opgehaald over de streken van Paddy als ondeugende pup en eigenzinnige volwassen teckel. Harold vond een oude Ierse whisky in Freds collectie en schonk heel toepasselijk drie glaasjes in om te toasten op een goede afloop. Na Nieuwsuur waren ze naar bed gegaan om uitgerust de volgende dag de strijd om de hond aan te kunnen gaan.

***

Het weer is omgeslagen, 's nachts heeft het geonweerd en nu regent het pijpenstelen.
'Hondenweer,' constateert Jeroen tevreden, 'symbolischer kan gewoon niet.'
'Paddy houdt anders helemaal niet van regen,' brengt Emma daar tegenin.
'Hetzelfde weer als toen je hem kwijt bent geraakt, dat kan geen toeval zijn.'
'En toen ik Fred heb verloren.' Emma slaat haar ogen neer, er valt een ongemakkelijke stilte. Ze schrikken alle drie als Harolds mobiel luid begint te jammeren.
'Harold Verlinden. --- Ja, dat is zo. --- Oh, dat is niet volgens afspraak, meneer Van Hout.' Harold zet zijn smartphone even op mute en kijkt de anderen aan, die geschokt zijn blik beantwoorden.
'Zijn vrouw is met de hond naar Antwerpen vertrokken om te proberen de werkster van de vriendin van de moeder te vinden die de sleutels van haar flat heeft. Ze wil daar naar de papieren van de hond zoeken en komt terug als ze die gevonden heeft.'
Jeroen kijkt hem vol ongeloof aan, Emma is wasbleek geworden en kan geen woord uitbrengen. Harold neemt de telefoon weer op en zegt kortaf: 'Meneer Van Hout, dat is helemaal niet nodig, de dierenarts hier hoeft alleen maar het chipnummer te vergelijken met ons registratiecertificaat en als dat klopt, is de hond van mijn zus en als er een ander nummer op de chip staat is de hond waarschijnlijk van degene die u zegt en kunnen we dat alsnog verifiëren. Maar de afspraak was dat u zich vanmiddag met de teckel meldt bij de dierenarts die daarvoor tijd beschikbaar heeft gemaakt. Met ons en Rogier Willes als getuigen.' Er komt antwoord van de andere kant en Harold zegt boos, met stemverheffing:

'MENEER VAN HOUT, ik verzoek u dringend uw vrouw te sommeren onmiddellijk terug te komen. AFSPRAAK IS AFSPRAAK.' Hij wacht geen antwoord af en sluit boos af.
'Ik bel Rogier, hij was erbij toen we die afspraak maakten en kan misschien gedaan krijgen dat dat mens meteen terugrijdt en met de teckel vanmiddag op tijd bij Van Santen is. Maar om eerlijk te zijn vertrouw ik het voor geen cent.'

Rogier kan Harold niet veel hoop geven dat hij Céleste kan overhalen terug te komen: 'Ze is koppig en gewend haar zin te krijgen. Als ze in haar hoofd heeft gezet dat ze in Antwerpen wil blijven, dan is ze daar met geen hijskraan weg te slepen. En ik kan het weten, want ik ken haar al sinds onze kindertijd. We waren jarenlang buren in Antwerpen. Maar ik zal mijn best doen. Ik geef je haar mobiele nummer. Dan kan je het zelf ook proberen.'
Harold schrijft het nummer op en belooft hem te bellen als hij nieuws heeft.
'Wel een geschikte vent, die Rogier, hij vindt het ook geen stijl. Zullen we die Robert een uurtje geven om contact met zijn vrouw op te nemen? Als we dan nog niets gehoord hebben, bellen we haar zelf of gaan er naartoe. Oké? Bel jij intussen de dierenarts, Emmy, vertel haar maar dat de afspraak hoogstwaarschijnlijk niet door kan gaan.'
Terwijl Harold zich aankleedt ruimt Jeroen de ontbijtboel op. Emma kijkt verdrietig door het raam naar de troosteloze tuin waar de regen langstelige bloemen heeft platgeslagen en de vijver is overgestroomd. De vogels zijn opgehouden met zingen, alleen de kikkers genieten luidruchtig.

Achter drie koppen sterke koffie zetten ze hun gesprek voort. Harold zucht: 'Ik had gedacht dat we dit netjes konden afhandelen. Weet je wat ik nu denk? Ze gaat helemaal niet naar papieren zoeken, ze zoekt gewoon een dubieuze dierenarts in

België die wel even die chip eruit wil wippen en er dan een nepchipje in zet. Tegen forse betaling natuurlijk, maar haar man is steenrijk, dus dat is geen probleem.' Jeroen knikt. 'En dan komt ze over een paar dagen poeslief en onschuldig op haar hoge hakken aanzetten met een herchipt hondje, al of niet met wat vervalste papieren als bewijsmateriaal, en dan ben jij Paddy kwijt.' Hij pakt Emma's hand. 'Maar niet als wij daar een stokje voor kunnen steken, Em.' Harold blaast over zijn hete koffie. 'Liefje, terwijl jij wat met je dierenarts regelt en in de buurt van de telefoon blijft, gaan Jeroen en ik onze best doen om wat meer over die fijne chirurg te weten te komen. Weet jij nog iets over hem wat ons op weg kan helpen?'

'Nou nee, alleen wat algemene dingen. Hij schijnt heel goed te zijn, hij heeft die privékliniek en is daar al heel rijk mee geworden, zeggen ze. Uhm… ik schat hem begin veertig en hij is twee jaar geleden met dat jonge fotomodel getrouwd. O ja, hij heeft een prachtige antieke auto. Die heb ik tijdens de boekpresentatie op het plein zien staan en daar werd Paddy door zijn vrouw in opgeborgen nadat hij zo opgewonden was geworden toen hij mij zag. Dat is het wel zo'n beetje, echte info over hem vind je natuurlijk wel op internet.'

Jeroen reageert enthousiast: 'Wat voor auto was het en weet je zeker dat die van hem was?'

Harold ziet de onthutste blik van zijn zusje en sust: 'Wat doet dat er nou toe, Jeroen? Het gaat nu even niet om auto's, laat haar nu rustig haar verhaal vertellen.'

Emma moet ondanks alles lachen. 'Het was een echte klassieke auto, groot, lang en breed, vooroorlogs denk ik. Iemand zei dat het een beroemd Belgisch merk was, donkerrood, meer weet ik er niet van. Zij leunde er bezitterig tegenaan en liet zich uitgebreid fotograferen voordat ze Paddy met mand en al in de auto zette,' besluit ze met een verontschuldigende blik in de richting van Jeroen, die een fanatiek liefhebber van

oude auto's is en zelf ook een door hem gerestaureerde klassieker in de garage heeft staan.
'Heel goed, meisje, dat kunnen we opzoeken en waarschijnlijk ook van wie die is.'
'Maar eerst zoeken we alles op over de kliniek van dokter Van Hout en dat onnozele mooie fotomodel,' valt Harold hem ongeduldig in de rede.
'Vergis je niet, Har: je hebt totaal geen verstand van vrouwen - gelukkig maar - want niet alle Belgische Blondjes zijn dom. Ik denk dat ze heel berekenend is en daarbij een heel goede actrice. Die is niet voor niets naar Antwerpen gevlucht. En anders zit die man van haar er wel achter. Mogen we even achter je computer, Em?'

Jeroen heeft uit nieuwsgierigheid snel via een site over klassieke auto's een foto van een prachtige wijnrode Minerva gevonden, genomen drie jaar geleden op een oldtimersmeeting in Kalmthout. Hij toont Emma het plaatje op het scherm van haar computer.
'Is dit de auto die je gezien hebt na de boekpresentatie, waar Céleste met haar hondje tegen leunde, Em?'
Emma bestudeert de auto een tijdje en knikt dan. 'Ja, ik geloof het wel. Ja, ik weet zeker dat dat de auto was. Met die spaakwielen en reserveband opzij. Vooral omdat er geen bumper van voren op zat, dat verbaasde me.' Jeroen gromt tevreden: 'Dan komen we wel achter de naam van de eigenaar. Het zou me niet verbazen als ik al weet wie dat is. Momentje.' Hij tikt vlug een paar toetsen in en scrollt over het scherm. 'Zie je wel: Robert van Hout,' roept hij triomfantelijk.
Harold kijkt sceptisch. 'Dus het is zijn eigen auto en niet gehuurd voor de gelegenheid of geleend. Maar wat hebben we aan die informatie?' Hij haalt zijn schouders op. 'Hieruit blijkt alleen dat hij graag zijn auto en zijn mooie vrouw showt bij bijzondere gelegenheden.'

‘En met een teckel erbij levert het helemaal een mooi plaatje op,’ voegt Jeroen met half dichtgeknepen ogen eraan toe, alsof hij het helemaal voor zich ziet. ‘Paddy,’ zegt hij dan. ‘Paddy hebben ze nog niet zo lang. Rogier dacht sinds begin van de winter, herinner ik me. Ongeveer een half jaar dus. Wat is de rol van Paddy in dit geheel? Hoe komen ze aan jouw Paddy, Ems? Want dat het een Belgisch hondje is geloven we geen van allen. Dus zij hebben het hondje dat jij een half jaar geleden kwijtgeraakt bent.’ Hij kijkt van Emma naar Harold. ‘Ik geloof niet in zulke toevalligheden. En jij, Harold?’

Die schudt nadenkend zijn hoofd. ‘Nee. Op een regenachtige avond rijdt een onbekende auto Alfred dood. Het enige wat uit de weinige sporen blijkt is dat het vermoedelijk een grote zware auto is. Geslipt in een bocht. Geen licht klein sportief wagentje, maar een logge grote auto die moeilijk onder controle te krijgen is na een slippartij. En die bovendien hoog genoeg op zijn wielen staat om ook nog eens over Fred heen te rijden. Misschien een antieke Minerva?’

Het blijft stil. Alle drie proberen ze deze redenering een plaatsje te geven. Dan zegt Emma schor: ‘Ze hebben Paddy meegenomen op 17 november vorig jaar. Ze zijn hoe dan ook betrokken bij Freds ongeluk.’

Harold vat hun gedachten samen: ‘We kunnen niet bewijzen dat ZIJ in de Minerva Fred hebben aangereden en toen Paddy hebben meegenomen, maar we zijn er zeker van dat het zo gebeurd is. We kunnen daarmee niet aankomen bij de politie. Laten we dus beginnen met het ontzenuwen van dat verhaal over de teckel van de vriendin van de moeder van mevrouw Van Hout. Als we kunnen aantonen dat ze aan één stuk door gelogen hebben, komen we al een beetje in de goede richting. Ik zal Rogier bellen om het telefoonnummer van de moeder van Céleste te vragen.’

Jeroen knikt: ‘We moeten die teckel vinden, desnoods naar

Antwerpen rijden. Emmy, wil jij de afspraak met de dierenarts afzeggen?’

Hoofdstuk XIII

Robert van Hout bekijkt zichzelf in de spiegel boven de wastafel en wrijft over zijn pas geschoren wangen. Hij is niet blij met wat hij ziet. Hij ziet eruit zoals te verwachten is na een sportieve golfdag in de zon en een uitstekend diner daarna, maar tegelijkertijd getekend door de emotionele thuiskomst en de gevolgen van een slapeloze nacht. Het bruin van een dag in de lentezon is grijzig, er liggen donkere schaduwen onder zijn ogen die dof terugkijken. In een flits ziet hij zichzelf zoals hij er over tien, twintig jaar uit zal zien. Hij loopt naar beneden. Het is vreemd stil in huis, geen speelse teckel die om aandacht vraagt en in zijn broekspijpen bijt, niet de vrolijke stem van Céleste die roept dat de koffie is ingeschonken. Alleen het monotone geruis van de regen en het geluid van de berk die in de wind tegen de buitenmuur schuurt. Zijn mobiel gaat en in de verwachting dat het Céleste is die meldt dat ze in Antwerpen is aangekomen pakt hij hem uit zijn zak, maar ziet dan een hem onbekend nummer. Hij aarzelt en neemt dan toch op zonder zijn naam te noemen en luistert. Het is Rogier Willes.

'Hallo Robert, met Rogier. Ik had net Harold Verlinden aan de telefoon over die teckel. Een moeilijk geval, hij wil dat jij en Céleste naar de dierenarts komen om dat chipnummer te lezen. Om eerlijk te zijn geef ik hem gelijk. Hij was gisteren heel netjes en redelijk en het is geen stijl om Céles naar Antwerpen te laten gaan als je gewoon met zo'n afleesapparaat dat ID-nummer kan checken.' Robert valt hem bits in de rede: 'Céles was erg overstuur en wil zelf de papieren van die hond halen om aan te tonen dat die hond van die vriendin van haar moeder is. Ze geeft Tax niet zomaar aan een wildvreemde die zegt dat hij van haar is.'

'Jij was er niet bij in Nijmegen, maar zoals dat hondje rea-

geerde op die Emma Verschoor leek het er erg op dat hij van haar was en niet bij Céleste hoorde. Ze riep hem vanuit de verte en hij rende als een speer naar haar toe. Trouwens, je hoeft maar even één nummer te lezen. Het is óf het nummer van Verschoors hond, óf een ander nummer en dan is ie van die Belgische mevrouw en kunnen jullie hem houden. Makkelijk als wat.'
'Céles stond erop het op haar manier te doen en je weet hoe ze is. Ze is dol op die hond en voelt zich heel erg verantwoordelijk voor hem.'
'Wees nou redelijk, Robert, ze moet dat beest toch afstaan als die vriendin van Madeleine terugkomt, dus waarom doet ze zo moeilijk? Geef die teckel aan mevrouw Verschoor en koop een nieuwe teckel. Tegen de tijd dat zijn bazin hem op komt halen over een half jaar ofzo, weet ze niet beter dan dat het de hare is. Dus wat is het probleem?'
Robert heeft grote moeite zijn zelfbeheersing te bewaren. 'Het is niet ons probleem, Rogier, maar dat van die mensen die beweren dat onze hond hun hond is. Bemoei je er niet mee, dit lossen mijn vrouw en ik samen op. Goejedag verder.' Hij sluit abrupt af en blijft nog secondenlang naar het donkere schermpje van zijn smartphone staren, maar neemt niet de moeite hem weer aan te zetten. Hij loopt zijn studeerkamer in en rommelt ongeduldig in een la van zijn bureau tot hij helemaal achter in een pakje sigaretten vindt. De gouden aansteker die hij van zijn vader heeft gekregen toen hij afstudeerde ligt in een doosje op een boekenplank. Met trillende vingers steekt hij een sigaret aan en inhaleert diep. De eerste keer nadat hij vijf jaar geleden definitief gestopt is met roken. Hij gaat achter zijn bureau zitten, met de geur komen herinneringen terug. Aan Koosje, de longarts die hij ontmoette tijdens zijn co-schappen in Utrecht. Geduldig en vooral met veel liefde heeft ze hem, zonder hem met allerlei enge plaatjes over de fatale gevolgen van het roken te con-

fronteren, afgeholpen van zijn verslaving. Ze streelde zijn nicotine-bruine vingers en zei dat hij zuinig moest zijn op die mooie handen als hij chirurg wilde worden. Ze hield van hem en stimuleerde hem om plastische chirurgie te kiezen. Ze was niet mooi, ze was klein en mollig en zes jaar ouder dan hij. Ook zes jaar wijzer, was ze haar wilde haren al kwijt. Hij kwetste haar als hij zei dat ze zijn moeder niet was. Toen ze een leerstoel aan de Columbia University aangeboden kreeg wilde hij niet met haar mee en in Amerika zijn studie afmaken. Zo kwam er een einde aan hun relatie. Hij verlangt opeens hevig naar haar, niet naar haar als vrouw, maar naar haar aandacht en begrip, haar gezonde verstand, haar vermogen problemen op een volwassen manier op te lossen. Hij zou haar net als vroeger willen vragen wat hij moet doen. Hij vermant zich, drukt zijn sigaret uit, schuift het pakje weer achter in de bureaula en tikt Céleste's nummer in. Ze neemt meteen op. 'Ik kom eraan,' zegt hij en staat op.

Hoofdstuk XIV

Emma belt zoals afgesproken eerst de praktijk van Anne-Marie van Santen. Ze vertelt de assistente dat de afspraak voor die middag niet doorgaat en vraagt terloops of het mogelijk is om een ingebrachte chip van een hond te verwijderen en door een andere te vervangen.

'Natuurlijk kan dat, maar dat hebben wij nog nooit gedaan. Hoezo?'

'Ik denk dat iemand dat wil gaan doen bij een teckel, mijn teckel die verdwenen is na het ongeluk. Ik wil gewoon weten hoe dat dan zou gaan, dat verwisselen van chips. En kan je dat dan achteraf zien?'

'Dat weet ik niet zeker. Gewoon chippen gaat met een dikke injectienaald met scherpe punt. De naald wordt geladen met een chip ter grootte van een rijstkorrel die vlak onder de huid wordt aangebracht. Meestal tussen de schouderbladen, soms links of rechts van de nek. De hond voelt er praktisch niets van, hoor. Het is net als een gewone vaccinatie.'

'Maar hoe kan je die chip dan terugvinden en eruit halen?'

'Zo'n chip ontvouwt zich tot een plat schijfje, zo groot als een ouderwetse stuiver. Die kan tijdens een hondenleven wel een beetje verschuiven, maar is met een chipreader altijd wel te vinden. Dat is een soort laserapparaatje dat stroom opwekt in de chip en zo de informatie leesbaar maakt op een schermpje in de reader. Je ziet dan het persoonlijke nummer van 15 cijfers van de hond. En dat nummer is weer opgeslagen in de nationale databank en staat op het registratieformulier dat bij de hond hoort.'

'Ja, dat heb ik zien staan op Paddy's formulier. Ontzettend bedankt voor alle informatie, erg aardig dat u daar zo uitgebreid de tijd voor heeft genomen. Ik bel wel voor een nieuwe afspraak met dokter Van Santen.'

‘Zeg jongens, zal ik ook de kliniek in Berg en Dal bellen? Ze kennen mij daar niet en dan komen we er misschien achter waar hij is, of hij ook in België is, of waar hij te bereiken is.’
‘Dat heeft geen zin. Hij zal niet rustig zitten wachten tot we hem komen vertellen dat we weten dat hij Fred heeft doodgereden.’
‘Maar we weten nog niet zeker of hij het gedaan heeft, niet 100%.’
‘Daarom gaan we eerst de teckel zoeken en daar is haast bij. Ik ga die Rogier nog eens bellen om ook het telefoonnummer en adres van de moeder van Céleste te vragen.’
Harold belt Rogier, die duidelijk verrast is door zijn vraag.
‘Je gaat die hond toch niet zelf halen, stelen in dit geval? Céleste komt heus wel terug en anders haalt Robert haar wel op. Zo belangrijk is het toch niet?’
Harold dringt aan en Rogier vraagt hem even te wachten zodat hij Madeleine Vermeire’s telefoonnummer in een oud telefoonboekje kan opzoeken. Hij weigert beslist haar adres te geven, wat eigenlijk ook niet te verwachten was.
‘Ik begrijp best dat je zusje graag haar hond terug wil hebben, als het inderdaad haar hondje is, maar Céleste was erg overstuur en moet volgens Robert even tot rust komen. Dus ik zou niet naar Antwerpen gaan als ik jou was, dat maakt het alleen maar erger allemaal. Succes ermee.’
Harold toetst het Belgische nummer. Er komt een antwoord en Harold zegt wie hij is en vraagt of hij mevrouw Van Hout kan spreken. De anderen horen niet wat er aan de andere kant gezegd wordt, maar wel dat Harold zijn vraag herhaalt: ‘Madame Vermeire? Je voudrais parler à votre fille, Madame Van Hout.’ Dan houdt hij zijn mobiel een eindje van zijn oor zodat Emma en Jeroen mee kunnen luisteren. Ze horen een schelle vrouwenstem in iets dat op staccato Frans lijkt antwoorden. Het klinkt niet vriendelijk. Voor Harold iets terug kan zeggen wordt het stil, gevolgd door de ingesprek-

toon. Harold zucht en wrijft met zijn hand over zijn oor. 'Dat stomme mens deed net of ze geen Nederlands verstaat en sprak in een of ander onverstaanbaar Waals dialect.' Met een klein lachje voegt hij eraan toe: 'Ik kreeg de indruk dat ze het niet op prijs stelde dat ze door mij gebeld werd.' Dan veert hij op. 'Toen de politie het onderzoek afsloot hebben we toch een verslag gekregen? Heb jij dat bij de hand, Ems? Dan gaan we dat nog eens grondig bestuderen. Misschien dat we iets vinden wat op de Minerva zou kunnen wijzen. Wie weet. Tijdens het onderzoek wisten ze nog niet dat het om de Minerva ging en wij nu wel.'
'Wij weten het nu ook niet zeker, Harold, zelfs als we een verband tussen de teckel en de Minerva kunnen aantonen, betekent dat nog niet dat we daarmee ook Roberts schuld aan het ongeluk kunnen bewijzen. We moeten het anders aanpakken en in elk geval de politie er nog even helemaal buiten laten.' Emma gaat de kopie van het dossier over het ongeluk dat de politie haar na lang aandringen heeft gegeven uit Freds studeerkamer halen. Het is niet het complete politiedossier, maar een verkorte versie waarin alleen vastgestelde feiten zijn vermeld en namen van personen zijn weggelaten. Ze blijft vrij lang weg en geeft dan met trillende hand allebei een door haar gemaakte kopie van het verslag en houdt er zelf ook een. Ze ziet er ontredderd uit en Jeroen strijkt troostend een haarlok uit haar gezicht. 'Slim om meteen voor ons ook een kopie te maken, meisje, zo kunnen we tegelijkertijd lezen en aantekeningen maken.' Ze beginnen geconcentreerd te lezen.

Hoofdstuk XV

Het noodweer houdt aan. Het zicht is minimaal door regen en opspattend water van voor hem rijdende weggebruikers, de ruitenwissers in hun maximale stand kunnen het water nauwelijks verwerken. Files rond Eindhoven en het verkeer op de Ringweg van Antwerpen staat muurvast door een kettingbotsing nadat een vrachtwagen is gekanteld en drie rijbanen blokkeert. Robert heeft alle tijd om hardop zijn vrouw, het weer, het verkeer, honden in het algemeen en teckels in het bijzonder te vervloeken. Tot overmaat van ramp kan hij als hij na al die ellende eindelijk zijn bestemming heeft bereikt geen parkeerplek vinden vlak bij het huis van zijn ongeliefde schoonmoeder en is doorweekt als hij haar voordeur bereikt. Het weerzien met Madeleine verloopt stroef, Céleste en Tax daarentegen zijn blij Robert te zien. Céleste ziet er betoverend uit en Robert vraagt zich af of ze de witte broek en gedurfde zijden blouse met kobaltblauwe en smaragdgroene motieven ook al aanhad toen ze die ochtend vóór zessen in grote haast vertrokken was. Ze is een en al bezorgdheid, speelt de toegewijde echtgenote, droogt zijn haar af en schenkt ongevraagd een whisky in. Ze gaat op de rand van zijn stoel zitten en zegt blij: ‘Maman heeft een bridgevriendin die een broer heeft die dierenarts is en hij wil morgenavond wel een nieuwe chip in Taxje zetten. Die anderen lezen dan het nummer van de nieuwe chip en ze zullen niet verder zoeken. Daar komt bij dat Tax al een hele tijd niet getrimd is en voor zijn doen lang haar heeft. Dus is hij er praktisch zeker van dat hij vrijwel onzichtbaar de oude chip eruit kan halen. Fijn hè, dan kunnen wij Taxje houden en zijn we van die mensen af.’
Robert duwt haar ruw van zich af. ‘Ben je gek? Wij geven die hond gewoon terug aan zijn echte eigenares en daarmee uit. Pak zijn spulletjes maar in, dan gaan we.’

Madeleine probeert tussenbeiden te komen. 'Niet doen, mon chou, ik heb het allemaal al geregeld.' En tegen Robert: 'Laat haar Taxje toch houden!'
'Wil jij van je dochter een crimineel maken, Madeleine? Je bent niet goed bij je hoofd, Bemoei je er niet mee, stom wijf.' Madeleine verschiet van kleur en trekt haar dochter mee richting deur. Céleste verzet zich en kijkt smekend om naar Robert die met gebalde vuisten midden in de kamer staat en dreigend op de beide vrouwen toeloopt. Madeleine laat haar dochter los en schreeuwt: 'Zie je wel, hij is gevaarlijk! Ik heb altijd gezegd: trouw niet met die vent! Maar nee: jij wou en zou hem hebben! Nou, trek je plan maar! Aju!' Ze opent de deur en trekt die met een harde klap achter zich dicht. Boven horen ze weer een deur dichtknallen. De teckel is in zijn mand gevlucht en volgt met angstige oogjes wat zich midden in de kamer afspeelt. Céleste werpt zich huilend in Roberts armen. Hij pakt haar stevig vast en kijkt haar woedend aan. 'Heb je nou je zin? En dat alles omdat jij die rothond zo nodig mee moest nemen. Het is allemaal jouw schuld, het ongeluk, die hond, alles!' Hij vloekt hartgrondig. Zijn handen gaan omhoog langs haar schouders naar haar hals. Hij knijpt in machteloze woede haar keel dicht.

Robert komt bij zijn positieven als er geen geluid meer komt uit Céleste's wijd open mond en haar lichaam slap tegen hem aanzakt. Geschrokken laat hij haar los en vangt haar op voor ze valt.
'Oh mijn God, Céles, Céles, liefste, ga niet dood, het spijt me, Céles! Blijf bij mij!' Hij hoort zelf de wanhoop in zijn stem. Hij legt haar voorzichtig op de bank. Zijn geoefende vingers tasten naar haar halsslagader onder de rode afdrukken die zijn handen op haar blanke huid hebben achtergelaten. Gelukkig, ze leeft nog, haar adem komt rasperig uit haar mond, haar lippen zijn blauwachtig verkleurd. Haar groene

ogen zijn gesloten, de lange wimpers liggen stil op haar wangen. Robert blijft tegen haar praten terwijl hij zachtjes haar hals masseert tot ze langzaam haar ogen opendoet. 'Blijf stil liggen, Céles. Ik haal een glaasje water voor je.'
Hij rent naar de keuken, komt terug en tilt voorzichtig haar hoofd op zodat ze een slokje kan nemen. Ze glimlacht slapjes naar hem en probeert wat te zeggen, maar dat lukt niet door de pijn in haar samengeknepen strottenhoofd.
'Céles, vergeef me, alsjeblieft.'
Het hondje kruipt pootje voor pootje langzaam uit zijn mandje en loopt aarzelend naar Robert toe. Die tilt hem op en legt hem op Céleste's buik. Ze aait hem en hij likt haar handen. Céleste huilt. 'Mag ik hem alsjeblieft houden, Robert?' Het is niet meer dan een haast onverstaanbaar gefluister. Ze beseft kennelijk nog niet wat er gebeurd is. Robert snuit luidruchtig zijn neus en slikt een paar maal. 'Nee liefje, dat kan niet, maar we gaan zometeen als je je wat beter voelt een nieuw hondje voor jou kopen.' Er volgt een gefluisterde heftige reactie. 'Ik wil Taxje!'
Céleste schiet opeens rechtop, haar ogen hebben hun oude felheid terug. Tax valt van haar schoot en ligt even hulpeloos op zijn rug op de grond. Ze heeft ook haar stem terug en krijst: 'Wat heb je gedaan, Robert?! Wat bezielde je?!' Ze wrijft over haar pijnlijke hals. De hond druipt met zijn staart tussen zijn poten af.
Als Robert dichterbij Céleste komt, haar met sussende geluidjes wil kalmeren en haar probeert te kussen, slaat ze hem hard in zijn gezicht. Ze bijt hem toe: 'Ga weg, ik wil je nooit meer zien! Ga weg en blijf weg, verdomme!' Robert doet een paar stappen terug, bijt op zijn lip, niet zeker hoe hij haar tot rede kan brengen, vol zelfverwijt over wat hij haar heeft aangedaan. Tegelijkertijd weet hij dat er niets anders op zit dan Rogiers advies op te volgen en Tax van haar af te nemen.

'Luister, Céles: jij en ik weten allebei dat Taxje van Emma Verschoor is en zij weet dat ook en ze zal niet rusten voor ze haar Paddy terug heeft. Als zij en haar broer op de een of andere manier ontdekken dat er een verband bestaat tussen deze teckel en de dood van haar man, dan zijn we verkocht, dat snap je toch wel?' Hij kijkt haar smekend aan. 'Dan draaien wij allebei het gevang in wegens dood door schuld en doorrijden na een ongeluk. Zo eenvoudig ligt het. Geen toekomst, geen carrière voor jou en voor mij.'
Céleste reageert demonstratief niet op zijn woorden. Ze weet dit zelf natuurlijk allemaal ook maar al te goed, maar zal dit niet willen toegeven. Ze wendt vol afschuw haar hoofd af, in plaats van hem te antwoorden roept ze de hond bij zich en geeft ze al haar aandacht aan Tax, die zich dankbaar haar liefkozingen laat welgevallen.
Robert loopt besluiteloos op en neer en vraagt dan opeens: 'Weet je nog of Emma Verschoor tot na de boekpresentatie is gebleven en ons samen in de Minerva heeft zien wegrijden?' Hij dringt aan: 'Dit is erg belangrijk, Céles, denk na!' Ze zucht diep en schudt dan gedecideerd haar hoofd. 'Nee, ze is veel eerder weggegaan.' Langzaam verdwijnt de paniekerige uitdrukking van haar gezicht om plaats te maken voor een soort norse berusting. Ze snottert nog wat na en vraagt dan met een klein stemmetje: 'Wat moeten we in hemelsnaam doen, Robert?'
Robert veegt voorzichtig de tranen van haar wangen, waarbij haar mascara toch niet zo waterproof blijkt te zijn als de reclames willen doen geloven. Hij probeert wat geruststelling in zijn stem te leggen. 'We houden ons aan het verhaal dat Tax de hond van de vriendin van Madeleine is. Dat haar werkster niet te vinden is, ook op vakantie, en dat we geen contact konden krijgen met de vriendin zelf ergens in Australië. Dan zeggen we dat we ontdekt hebben dat de vriendin helemaal nog niet zo lang deze teckel had toen ze op haar

wereldreis ging en dat het dus mogelijk is dat ze hem uit een asiel heeft gehaald of hem zelf helemaal verwaarloosd ergens heeft gevonden en hem toen maar gehouden heeft. We zeggen dat we dat van haar buurvrouw hebben gehoord. Hoor je me, Céles? Dat is het nieuwe stukje aan ons verhaal.'
Ze knikt.
Leugens, allemaal leugens, nooit geweten dat het zo makkelijk went om leugens te verzinnen, denkt Robert. Zijn leven is tot nu toe een aaneenschakeling van moeiteloze overwinningen en successen geweest. Briljante student, getapt corpslid, succesvolle promovendus en gevierde plastisch chirurg met een eigen kliniek. Een beroemd fotomodel op de koop toe en zelfs een carrière als thrillerschrijver in het verschiet. En dat allemaal willens en wetens op het spel gezet door zo dwaas te zijn een nat hondje mee naar huis te nemen en daarover te liegen!

Robert constateert tot zijn opluchting dat Céleste zich lijkt te herstellen van zijn onverhoedse gewelddadige aanval. 'We maken een nieuwe afspraak met de broer van mevrouw Verschoor, al of niet bij de dierenarts, maar wel met Rogier erbij, en geven Taxje terug. Jij hoeft daar niet bij te zijn, dat regel ik wel allemaal voor je. En dan hopen we dat ze zo blij zijn dat ze hun hondje terug hebben dat ze verder geen vragen stellen.' Hij vindt zelf dat het allerminst geloofwaardig klinkt, maar Céleste schijnt het als mogelijkheid te accepteren en knikt opgelucht.
Ze horen boven voetstappen. Robert kijkt om zich heen en pakt Céleste's grote zwartleren Gucci-tas, waar ze zo ongeveer haar hele hebben en houden in meesleurt en geeft die snel aan haar. 'Heb je niet een of ander sjaaltje om om je hals te doen? Eh, je nek ziet er een beetje raar uit. Ik wil niet dat Madeleine je zo ziet.' Céleste graait in haar tas en drapeert een lange zijden sjaal in dezelfde blauwe kleur als

haar blouse om haar nek, net op tijd voor de deur opengaat en Madeleine binnenkomt. Ze kijkt onderzoekend van Céleste naar Robert, die zo neutraal mogelijk reageert: 'We hebben besloten deze teckel gewoon terug te geven, dan zijn we van het probleem van wie hij is af en Céles en ik kopen zo gauw mogelijk een leuk nieuw hondje. Dat kan Céles dan helemaal van jongs af aan zelf opvoeden.' Hij kijkt zijn vrouw glimlachend aan: 'Dat is voor ons allemaal de beste oplossing. Dat vind jij toch ook, lieverd?' Die kan niet anders doen dan haar tranen bedwingen en ja knikken. Madeleine zwijgt. Wel zo makkelijk, denkt Robert. Hij spreekt af dat Céles en Taxje met hem mee terugrijden en dat de auto van Céleste een paar dagen in de nabijgelegen parkeergarage blijft staan.

De slagregen is gereduceerd tot een milde motregen. Robert brengt Céleste's bagage en Taxje's mand, de bakjes en voer naar zijn auto en haalt dan Céleste onder een grote paraplu op. Het afscheid van Madeleine is koel, zoals te verwachten is. Robert en Céleste laten samen de teckel nog even uit in het park vlak bij het huis van Madeleine. Tegen Céleste's zin zet Robert het natte hondje in zijn bench veilig achter in de auto. Ze wil hem op schoot houden en blijft nog even jammeren onder de paraplu tot Robert resoluut de achterklep sluit en de deur aan de passagierskant uitnodigend voor haar opent. Ze gaat zitten en verstelt de rugleuning demonstratief in bijna-ligstand. Er verschijnt voor het eerst die dag een klein glimlachje op Roberts gezicht als hij ziet hoe ze languit gaat liggen, haar ogen van hem afgewend en haar felrood gestifte lippen in de bekende pruilstand. Hij heeft de oude Céleste weer terug. Hij stapt in en rijdt de deftige buurt uit, richting Ringweg. Het is nog wel druk op de weg, maar het verkeer rijdt soepel door. Céleste houdt haar mond en doet net of ze slaapt en Robert heeft alle tijd om na te denken over eventuele mogelijkheden om zich uit de nesten te werken.

Hoofdstuk XVI

Harold is de eerste die de stilte verbreekt: 'De regen heeft de bandensporen in de berm voor het grootste gedeelte uitgewist, zodat het profiel niet meer te lezen was en het merk niet te achterhalen. Wel de wijdte van de wielbasis. Kan die overeenkomen met de breedte van een Minerva, Jeroen?'
'Zeker, maar op zichzelf is dat geen bewijs. De politie heeft alleen de conclusie getrokken dat het om een zware, brede auto gaat. Het kan volgens hen zowel een stationcar als een SUV, of zelfs een flinke bestelauto zijn geweest. Er staat verder niets in over wie ze hebben verhoord, alleen dat dat niets heeft opgeleverd. Ik ben benieuwd of Van Hout ook ondervraagd is.'
Emma schiet overeind. 'Mariët heeft alles wat over het ongeluk in de kranten geschreven is uitgeknipt en bewaard. Ik wilde er niet aan herinnerd worden en we hebben er dus ook niet veel over gepraat nadien. Maar vaagjes herinner ik mij dat er wel eens iets over Robert van Hout in een plaatselijk blad gestaan heeft, omdat hij een bekende chirurg is en geboren is in Sint Anthonis. En anders in De Gelderlander, maar dat ging dan waarschijnlijk over zijn kliniek in Berg en Dal. Of over zijn huwelijk met dat beroemde fotomodel. Maar of er ook iets over zijn auto in stond, weet ik niet.'
'Mariët en haar man komen toch zondag eten? Dan kunnen we het haar vragen. Of we vragen haar nu alvast of we haar knipselmap mogen inkijken.' Jeroen is de man met de praktische ideeën. Maar Harold doet niet voor hem onder: 'Jij had toch een vriendje bij de politie, Em, een aardige agent? Misschien wil die wel wat informatie kwijt als je hem lief aankijkt.' Emma moet even denken en knikt. 'Ja, je bedoelt rechercheur Johan Breure. Nou, dat was geen vriendje hoor, hij was alleen aardiger dan die andere. Die dacht dat ik zelf

Freddy had overreden.' Ze rilt bij de herinnering. 'Maar betekent dat dan dat we nu al de politie erbij betrekken?'
'Nou nee, maar het kan een goede ingang zijn. We gaan eerst jouw Paddy zien terug te krijgen en dan proberen we de link te leggen naar de Minerva en Van Hout & co.'
Jeroen is het daar niet mee eens. 'Ik vind dat Emmy juist wel met die rechercheur moet gaan praten, ik wil best mee als je dat prettig vindt, Ems. Het is toch doodnormaal dat je af en toe informeert of het onderzoek inmiddels nog wat nieuwe feiten heeft opgeleverd? Of ze nog actief aan de zaak werken? En dan kan je toevallig langs je neus weg de naam Van Hout laten vallen. Of niet, dat voel je op het moment zelf wel aan, denk ik. Wat vind je daarvan?'
'Ik vind dat het de hoogste tijd is voor de lunch.'

***

Jeroen zet een heerlijke salade met fruits de mer op tafel die ze met warm stokbrood eten, een glaasje Australische Chardonnay erbij. Tijdens de lunch proberen ze over gewone dingen te praten, hun plannen voor het weekend, het menu voor het etentje met de Janssens, het slechte weer, maar ze komen toch steeds terug op het onderwerp dat hen zo bezighoudt. Emma stelt voor om de kliniek te bellen. Zogenaamd om een afspraak te maken voor een ooglidcorrectie, om zo Robert te pakken te krijgen. Ze krijgt een antwoordapparaat aan de lijn met de boodschap dat in verband met Hemelvaartsdag de kliniek van donderdag tot maandagochtend gesloten is en er na het weekend weer afspraken gemaakt kunnen worden. Daarna volgt een keuzemenu voor spoedgevallen en doorschakeling naar de arts van dienst voor urgente gevallen. 'Van de politie zal ook wel niet veel medewerking te verwachten zijn,' zegt Harold, 'met een minimale bezetting zal er heus niemand zin hebben een oud dossier op te diepen.

Dat schiet dus niet op. Rogier bellen heeft ook geen zin. De nummers die we van hem gekregen hebben geven geen antwoord.' Hij zucht en verwoordt wat de anderen denken: 'We zullen geduld moeten hebben, de kans om Paddy dit weekend nog terug te krijgen is nihil. De Van Houts hebben hem vast ergens verstopt.'
Jeroen valt hem bij: 'Zelfs al zouden we hem op de een of andere manier vinden, dan heeft een confrontatie op dit moment toch geen zin. Het is nog steeds hun woord tegen het onze.' De perfecte lunch eindigt in mineur.
De regen is inmiddels opgehouden en het wolkendek opent zich hier en daar al voorzichtig.
De mannen gaan boodschappen doen in Boxmeer, ter voorbereiding van het etentje met de buren. Emma heeft een barstende hoofdpijn en gaat naar boven om tijdens hun afwezigheid met wat pijnstillers een beetje te slapen.

Als om drie uur die middag de telefoon gaat is er niemand om die op te nemen.

Hoofdstuk XVII

Het eerste wat Céleste bij thuiskomst doet is gewoontegetrouw in de grote spiegel in de hal haar uiterlijk inspecteren. Ze gelooft haar ogen niet als ze dan pas de ravage ziet die Robert heeft aangericht. Zijn duimafdrukken staan scherp afgetekend in de grote rozig-paarse bloeduitstorting die haar hele hals verkleurt. Vol afgrijzen draait ze zich om. De volle betekenis van wat er in Antwerpen gebeurd is dringt dan pas tot haar door.

'Robert, wat heb je gedaan?! Hoe kon je??' Ze jammert: 'Wat moet ik doen, ik heb volgende week een fotosessie in Milaan. Daar kan ik toch niet zó naartoe? Daar gaat mijn contract!'

Ze komt met gebalde vuisten op hem toe en slaat tegen zijn borst, probeert zijn hoofd te raken, maar hij weet haar te ontwijken. Ze schreeuwt, huilt van kwaadheid, pakt een kostbare kandelaar van een tafeltje in de hal en gooit die in machteloze woede in zijn richting en mist. Samen met de versplinterde antieke spiegel belandt de kandelaar ter waarde van 1200 euro gebroken op de marmeren vloer. Ze schopt de stukken weg, zoekt naar iets anders waarmee ze hem kan raken. Robert is groter en sterker dan zij en pakt haar beide smalle polsen vast, duwt haar een beetje van zich af om haar aan te kunnen kijken en probeert haar te kalmeren. Hij legt al zijn overwicht in zijn stem en zegt langzaam en bedaard, alsof hij tegen een kind praat:

'Liefje, luister, die bloeduitstorting is volgende week grotendeels verdwenen en de rest doet de visagiste voor je. Dus die sessie kan gewoon doorgaan. En ik beloof je dat zoiets nooit meer zal gebeuren. Ik verloor mijn zelfbeheersing, dat is onvergeeflijk, maar die moeder van je maakt me helemaal gek.' Hij laat haar los en haalt berustend zijn schouders op als ze huilend wegloopt. Zelfs als ze heel erg boos is, zoals nu, is ze elegant in haar bewegingen en hij volgt haar bewonderend met zijn ogen als ze op haar torenhoge hakken de trap op rent. Hij weet dat hij haar beter maar even kan laten uitrazen. Bovendien heeft ze groot gelijk om woedend op hem te zijn. Maar er valt veel te regelen en het is noodzakelijk dat ze het daarover eens worden.

Hij zet Taxje's mandje in de keuken, geeft hem vers water en beantwoordt zijn vragende blik met een handvol brokjes. Als die naar binnen zijn geschrokt pakt hij de hondenriem en neemt de teckel mee voor een flinke wandeling. Het is inmiddels droog geworden en het doet hen beiden goed buiten te zijn. Robert kan zijn gedachten ordenen zonder door zijn vrouw afgeleid te worden en Tax is aan beweging toe na in Antwerpen zijn tijd hoofdzakelijk op schoot doorgebracht te hebben en verwend te zijn.
Hij spreekt de teckel toe: 'Taxje, ik zal je missen, jongen. Je gaat nu naar je echte baasje terug, best fijn voor je. En je zal ons toch ook wel af en toe een beetje missen? Bedankt voor de plezierige tijd samen met jou. Het is niet jouw schuld dat het zo vervelend af gaat lopen voor ons, dat hebben we aan onszelf te danken door je baas dood te rijden. De grootste stommiteit die ik ooit begaan heb is om daarna door te rijden. Daar ga ik nu voor boeten.' Hij krijgt geen antwoord.
Robert gooit een dennenappel weg waar de teckel vrolijk blaffend achteraan rent. 'Sentimentele idioot ,' mompelt hij, 'wie praat er nu tegen zijn hond over zulke dingen.' Toch heeft het geholpen om even zijn hart te luchten. Hij krijgt de dennenappel terug en gooit hem zo ver hij kan weer weg. Tax gaat er onvermoeibaar steeds weer achteraan.

Thuisgekomen zet Robert thee en brengt hij een kopje naar Céleste die nog op haar bed ligt, maar wel aanspreekbaar

blijkt. Hij gaat naast haar op de rand van het bed zitten en pakt haar hand.
'Schat, we moeten praten. Het lijkt me het beste dat we Rogiers raad opvolgen en Tax teruggeven aan mevrouw Verschoor. Volgens hem was het voor iedereen die er in Nijmegen bij was overduidelijk dat Tax van haar is. Daar is echt geen dierenarts voor nodig om dat te bewijzen. Dus waarom zouden wij moeilijk doen, de wet overtreden met valse chips en weet ik wat allemaal nog meer. Het maakt ons alleen maar verdacht. Het ís toch haar hond?'
Céleste knikt lusteloos, kijkt hem niet aan. 'Je hebt gelijk, Robert. Beloof me dat ik gauw een nieuwe teckel krijg, die noem ik weer Tax en zo hoeft niemand te weten dat het een andere is.' Er glijdt een klein glimlachje over haar gezicht bij het vooruitzicht een eigen hondje te krijgen. Hij denkt: 'Domme trut, je denkt alleen maar aan een stomme hond en mooie modefoto's en snapt helemaal niet dat we de kans lopen alles te verliezen. Alles!' Hij zucht vermoeid. 'Nou, we moeten nog wel ons verhaal over de vriendin van je moeder aanpassen. Rogier denkt nog dat het waar is dat we op haar hond passen tijdens haar wereldreis, hij stelde daarom voor een andere teckel te kopen en die later terug te geven alsof het de hare is. Of die zogenaamd van haar over te nemen. Maar dat verhaal kunnen we natuurlijk niet aan Emma en haar broer verkopen. We moeten een geloofwaardige verklaring bedenken voor het feit dat Paddy Tax is geworden, begrijp je?' Ze knikt. 'Ja dat snap ik, maar ik zou niet weten hoe.'
'Ik heb een lange wandeling gemaakt met Tax en toen wat bedacht wat wel logisch klinkt. Kom zo maar naar beneden, dan leg ik het je helemaal uit, want we moeten natuurlijk wel allebei precies hetzelfde verhaal vertellen.' Hij probeert wat geruststellends in zijn stem te leggen als hij zegt dat hij Emma Verschoor gaat bellen om te vertellen dat ze haar

teckel terugkrijgt. 'Ik zeg dat we nu nog in België zijn om dingen uit te zoeken over de afkomst van die teckel, over wat we zogenaamd van de buurvrouw hebben gehoord, weet je wel? En dan hebben wij tweetjes nog fijn een hele avond samen met Taxje. En natuurlijk moeten we Sybrand en Kathy afbellen voor de lunch zondag. Die kan je zo niet onder ogen komen natuurlijk. Hun vertel ik ook dat we in België zijn in verband met Tax, dat ie weer terug moet naar zijn bazin. Dan kunnen we later ook met ons nieuwe hondje bij hen aankomen, zonder dat daar allerlei vragen over komen. Oké?' Céleste zucht diep. Moeder Maria, hoe moet het nu verder met haar en Robert? Ze zit gevangen in een horrorverhaal. ZIJ heeft de man doodgereden. ZIJ heeft de hond meegenomen. Alleen Robert kan haar uit deze hel redden, ze is volkomen afhankelijk van wat hij vertelt over de hond en misschien later over het ongeluk als uitkomt wat er gebeurd is. Ze forceert een dapper glimlachje: 'Ik kom zo, Robert. Fijn dat jij al zo veel bedacht hebt.'
Met een gevoel van moedeloosheid verlaat Robert de slaapkamer. 'Allemaal leugens,' denkt hij en walgt van zichzelf. 'Je zal met een beter verhaal moeten komen, Robert van Hout, als je jezelf en je vrouw wilt redden.'

Hoofdstuk XVIII

Emma voelt zich beter na haar verkwikkende siësta. Ze heeft zich verkleed en een vrolijke zomerjurk aangetrokken, lavendelblauw, een kleur die past bij haar rossige haar en sproeten. Een veegje lichtblauwe oogschaduw accentueert het blauw in haar blauwgrijze ogen. Ze vermant zich en komt quasi vrolijk de trap af. Harold en Jeroen zijn kennelijk al een tijdje geleden teruggekomen, want er komen heerlijke geuren uit de keuken waar Jeroen snel een boterkoekje heeft gebakken voor bij de thee. Het lijkt op een normale lentemiddag, ze proberen net te doen of er niets aan de hand is. Harold stelt voor om die avond uit eten te gaan, ze zijn immers hun lunch in Nijmegen misgelopen en vraagt zijn zusje of ze een leuk plekje in de buurt weet.
'In Sint Anthonis is een heel goed restaurant, ik heb er vaak met Fred gegeten, maar ben er sinds het ongeluk niet meer geweest. Het heet Villa Bloemenhof, het is maar een klein eindje rijden en ze hebben daar een topkok. Ik zou het fijn vinden om daar nu met jullie te eten. We zullen wel moeten reserveren, ik heb het nummer in mijn klapper staan.'
Ze kunnen om acht uur nog terecht, aan de late kant, maar als Emma haar naam noemt wordt er positief gereageerd en een plaatsje voor hen vrijgemaakt.

Als Harolds gsm gaat zitten ze alle drie meteen rechtop. Het is Rogier.
'Ik heb jullie al eerder geprobeerd te bereiken, ik heb goed nieuws.' Harold fluistert even naar Emma en Jeroen dat het Rogier is, dan luistert hij naar een lang verhaal aan de andere kant, knikt af en toe, steekt zijn duim omhoog naar de anderen. Hij besluit met een: 'Tot morgen, we zien elkaar op de Grote Markt in Nijmegen. Afgesproken.'

‘Nou jongens, we hebben wat te vieren vanavond. We krijgen morgen Paddy terug. De Van Houts zijn nu nog in België. Ze hebben Rogier wijsgemaakt dat ze niet de vriendin van haar moeder gesproken hebben, maar een buurvrouw. Die vertelde een ingewikkeld verhaal over de afkomst, of het ontbreken van info daarover, van de teckel. Die mevrouw zou de hond nog helemaal niet zo lang hebben, pas sinds de winter. Precies wist ze het niet, januari ofzo. Gevoegd bij de duidelijke herkenning tussen Emma en het hondje op de Grote Markt en eerder tijdens de boekpresentatie, zei hij dat de Van Houts nu ook vermoeden dat het inderdaad om Paddy gaat. Wat een lulverhaal. Maar wij krijgen Paddy morgen terug! We zien elkaar op neutrale grond, in dezelfde lunchroom als donderdag, om half twee. Super!’ Ze omhelzen elkaar en weten even niet wat te doen van opluchting en pure vreugde. Jeroen is de eerste die praktisch reageert door een gekoelde fles champagne uit de keuken te halen. Harold haalt de fluten uit de kast en Emma komt bij de knal van de kurk weer bij haar positieven en gaat op zoek naar koekjes.
‘Wat zei hij nog meer?’
‘Dat ze van plan zijn om een andere ruwharige teckel te kopen om die aan die vriendin terug te geven en net te doen of het de hare is. Maar dat is natuurlijk onzin, alleen maar om de rest van de wereld te laten geloven dat hun eerdere verklaringen over dat oppassen kloppen. Ben benieuwd of dat gaat lukken, maar dat is niet ons probleem. Wij moeten ons nu op de Minerva-connectie concentreren.’
‘Wel een creatieve oplossing. En gaat die Céleste weer scènes maken als ze haar hondje morgen moet teruggeven?’ Ze lachen en klinken op de goede afloop.

***

Het is droog en het begint al te schemeren als ze bij Villa

Bloemenhof aankomen. De parkeerplaats is vol en ze hebben moeite een plekje te vinden voor Harolds Saab. Terwijl ze naar de ingang lopen komen twee gasten naar buiten. Emma herkent Kathy, die op haar af komt. Ze kan haar niet ontwijken en blijft aarzelend staan. Kathy steekt haar hand uit. 'Dag Emma, fijn om je weer te zien, hoe gaat het met je?'
Emma stelt Harold en Jeroen voor en beantwoordt Kathy's met oprechte belangstelling gestelde vraag: 'Het gaat wel weer een beetje, we gaan vanavond eigenlijk weer voor het eerst uit eten. Dat komt omdat we iets te vieren hebben.'
Sybrand komt erbij staan en knoopt een gesprek met de mannen aan. Kathy zegt hartelijk: 'Wat fijn voor je, het is natuurlijk heel moeilijk om weer een gewoon leven op te bouwen zonder Alfred. Langzamerhand zul je merken dat er ook nog goede dingen gebeuren. In elk geval gezellig dat je broer en zijn vriend bij je zijn vanavond.'
'Je hebt helemaal gelijk, Kathy. En morgen gebeurt er een echt wonder. Paddy, mijn teckel die ik dacht ook verloren te hebben bij het ongeluk, komt terug. Hij is ergens gevonden en al die tijd verzorgd door een Belgische. Een kennis van de vrouw van die chirurg die laatst een boek heeft geschreven. Ik geloof dat jij ook op de presentatie was. Ik ben ontzettend blij om toch iets van Fred terug te krijgen. En dat vieren we alvast een beetje.'
Emma schrijft de verbazing op Kathy's gezicht toe aan de ongeloofwaardigheid van haar verhaal en voegt eraan toe: 'Ja, echt een wonder, vind je niet?'
Kathy knikt en verandert snel van onderwerp. 'Volgende week is de laatste lezing voor de vakantie bij de Heemkundekring. Heb je zin om mee te gaan? Dan haal ik je wel op en hoef je niet alleen te gaan. Ik zou het leuk vinden als je meekwam.'
Emma slaat het aanbod af, ze zegt nog niet te weten hoe het loopt met een aantal zaken waaronder haar hond, maar

belooft als ze kan op eigen gelegenheid te komen. Kathy legt even haar hand op Emma's arm en wenst haar een prettige avond toe. 'De desserts zijn heerlijk, ik kan je het truffelchocoladetaartje aanraden, heerlijk.' Dan nemen Sybrand en Kathy afscheid en Emma, Harold en Jeroen gaan naar binnen, waar Emma hartelijk ontvangen wordt door de gastvrouw, die verheugd is haar te zien en het drietal naar hun tafeltje begeleidt. 'Mevrouw Verschoor, wat prettig om u weer te zien, we hebben u gemist en hopen u weer vaak te mogen ontvangen. Ik zal de kok vragen iets speciaals voor u klaar te maken.' De vriendelijke woorden van de gastvrouw kunnen de pijn bij de herinnering aan de intieme dinertjes samen met Freddy niet verzachten.

Hoofdstuk XIX

Sybrand en Kathy lopen naar hun auto. Kathy is in gedachten verzonken en pas als ze wegrijden vraagt ze of Sybrand gehoord heeft waarover ze het met Emma Verschoor heeft gehad.
'Nee, ik heb jullie gesprek daarnet niet zo gevolgd, heb wat gepraat met haar broer en vriend. Interessante mensen. We hadden het over zelfsturende auto's, zij vinden zelf rijden ook veel te leuk om dat op te geven. Ik betwijfel zelf trouwens of het wel zo veel veiliger is om dat door een robot te laten doen. Hoezo?'
'Emma had het over haar teckel, die bij dat ongeluk is verdwenen en nu op wonderbaarlijke wijze is teruggevonden. Er klopt iets niet, het is allemaal té toevallig.' Sybrand geeft geen antwoord en houdt zijn ogen op de weg. 'Wat zei Robert precies toen hij de lunch van zondag afzegde? Toch iets over dat ze in België moeten blijven omdat dat teckeltje waar ze op passen onverwachts teruggebracht moet worden?' Sybrand knikt. 'Ja, dat is toevallig, maar zoiets kan toch gebeuren? Zet het uit je hoofd, Kath. We hebben het er al eerder over gehad en ik ben er nog steeds van overtuigd dat Robert en Céleste niets met het ongeluk te maken hebben gehad en dus ook niet met dat hondje dat toen verdwenen is. Als Robert zegt dat ze daar toen niet gereden hebben, dan is dat zo.' Hij rijdt hun tuinhek binnen en stopt voor de garage. Voor ze uitstapt zegt zijn vrouw koppig: 'Ik geloof hem nu minder dan ooit en ga dit uitzoeken, Syb, en ik reken er dan ook op dat je mij daarbij helpt.' Ze gooit het portier wat harder dan nodig is dicht en loopt naar de voordeur. Ze hebben het rijk alleen. Benjamin, de jongste zoon, logeert bij opa en oma en de tweeling wordt pas om een uur of elf na een feestje bij een vriendje thuis teruggebracht door een van de andere ouders.

Als ze allebei binnen zijn begint Kathy er opnieuw over: 'Weet je, Sybrand, al twee keer eerder gedroeg Robert zich vreemd, ik zou nu zeggen verdacht, toen die teckel ter sprake was gekomen. De eerste keer toen hij alleen, zonder Céleste, bij ons kwam eten. Zij was toen in New York en belde hem. De tweede keer tijdens de boekpresentatie. Jij vond zelf ook dat Robert wel erg plotseling opstond en wegging, terwijl wij nog gezellig wat napraatten over zijn succes. Dat was nadat die vreemde scène met Céleste's teckel en Emma ter sprake kwam. Hij verstarde gewoon. Herinner je je dat niet? En nu opeens zegt hij een afspraak af die we al lang geleden gemaakt hebben en waar wij en de jongens ons erg op verheugd hebben, met een vaag excuus dat ze dat hondje terug moeten brengen. Terwijl die mevrouw meer dan een half jaar is weggeweest, moet ze die hond nu, zonder uitstel, terug hebben, alsof dat niet een dagje later kan. Nou zeg, dat klinkt niet erg overtuigend en helemaal niet dat Robert en Céles dan niet op tijd terug kunnen zijn om met ons te lunchen.' Ze is boos. Sybrand zegt vergoelijkend: 'Die mevrouw woont in Huy, helemaal in het zuiden van België en Robert zei dat Céles erg overstuur was toen ze hoorde dat ze zo gauw haar geliefde hondje zou kwijtraken. Ze wilden daarom het weekend in Antwerpen bij haar moeder blijven logeren.'
Kathy gaat strijdlustig tegenover Sybrand staan, met zijn één meter vijfennegentig torent hij boven haar uit. Haar ogen boren zich in die van haar man. Ze vermant zich en zegt dan langzaam, duidelijk articulerend: 'Een half jaar geleden verdween een teckel na een ongeluk op de Zandkant, praktisch op dezelfde tijd dat Robert en Céleste daar op de terugweg van Villa Bloemenhof moeten hebben gereden. En ook een half jaar geleden dook een teckel op bij diezelfde Robert en Céleste, zogenaamd als logé. Allebei ruwharige teckels, allebei op hetzelfde tijdstip. En nu komt een teckel terug bij degene die een ruwharige teckel verloor bij dat ongeluk.

Twee verschillende verhalen, maar het gaat gewoon over dezelfde hond. Geloof je echt nog in toeval, Sybrand?'
Hij opent zijn mond om iets te zeggen, maar sluit die weer, denkt even na en zegt dan met een zucht: 'Nee.'
Hij legt zijn handen op haar schouders en buigt zich naar haar toe zodat hun ogen op gelijke hoogte zijn en zegt ernstig: 'Je hebt gelijk, Kath. Je bent een kei, ik ben het nu helemaal met je eens. Hoewel ik het eigenlijk niet kan geloven, denk ik dat je helemaal gelijk hebt en dat Robert ons om welke reden dan ook al die tijd heeft voorgelogen.' Hij zucht diep. 'Het komt er waarschijnlijk op neer dat ze dus de Zandkant hebben genomen en dat Céleste in dat noodweer de zware Minerva niet kon houden in die scherpe bocht en geslipt is. Toen heeft ze Verschoor aangereden. Wat er precies daarna is gebeurd weet ik natuurlijk niet, maar waarschijnlijk zijn ze uitgestapt, hebben gezien dat Verschoor dood was. We zullen er waarschijnlijk nooit achter komen wie van de twee besloten heeft om door te rijden. Robert had te veel gedronken en Céleste zal wel in shock geweest zijn. Céleste heeft toen vermoedelijk dat hondje meegenomen.'
'Vreselijk.'
'Ja, en ook vreselijk stom. Céleste had niet gedronken, dat kunnen genoeg mensen bevestigen.
Ze zou er waarschijnlijk met een goede advocaat best goed vanaf gekomen zijn als ze meteen 112 hadden gebeld. Hoogstens dood door schuld met een reeks verzachtende omstandigheden zoals slecht zicht door het noodweer, bochtige weg, niet verlicht, moeilijk te besturen antieke auto, etcetera.'
'Wat doen we? We hebben geen bewijs, alleen gegronde vermoedens. Is dat genoeg om Robert aan te geven?'
'Natuurlijk kunnen we hem niet aangeven, Kath. Ten eerste is hij mijn vriend en ten tweede hebben we zoals je zegt geen schijn van bewijs. Kom, ik schenk een drankje in en we gaan rustig bedenken wat ons te doen staat.' Hij loopt naar de kast,

pakt twee kristallen glazen en ontkurkt een vijfentwintig jaar oude port. 'Alsof er iets te vieren valt,' denkt Kathy, maar bedenkt dan dat ze zichzelf moed in moeten drinken en dat er dan niets beter helpt dan een slokje van die diep bruinrode drank uit een mooi glas.

Ze zitten stilzwijgend tegenover elkaar, diep in gedachten af en toe een slokje nemend, zich nauwelijks bewust van de heerlijke smaak.
'Weet je, ik ga met Robert praten,' zegt Sybrand na een tijdje. 'Gewoon praten als oude vrienden, zoals vroeger. Als hij ontkent, oké, dan houdt alles op. Als hij bereid is erover te praten, kan ik hem misschien helpen tot een besluit te komen. De familie Verschoor heeft het recht om te weten wat er gebeurd is die nacht. Ik ben het met je eens dat hij is veranderd het laatste halfjaar en wij weten nu hoe dat komt. Hij moet onder een enorme spanning hebben geleefd. En van Céles hoeft hij niet veel steun te verwachten, integendeel. Ik hoop dat ik hem kan helpen. Dat we samen naar de politie kunnen gaan.'
Kathy knikt. 'Ik vind het geweldig dat je dat wilt doen. Doe het meteen als hij terug is, als hij de hond heeft teruggebracht. Als Céleste nog bij haar moeder is.'

Ze zitten dicht naast elkaar op de bank als de jongens vrolijk en luidruchtig de kamer binnenstormen.

Hoofdstuk XX

Ik heb het ouderwetse gevoel van plezierige verwachting, dat 5 december-gevoel. Je weet dat er later die dag iets spannends gaat gebeuren, iets feestelijks, terwijl je toch een beetje onzeker bent over een goede afloop. Ik ben al een tijdje wakker, maar heb nog geen zin om op te staan. Er komen geluiden van beneden uit de keuken, Jeroen fluit zijn favoriete deuntje terwijl hij het ontbijt klaarzet, Harold geeft luid commentaar op artikelen uit de ochtendkrant die hij zit te lezen aan de keukentafel. Er schijnt af en toe een bleek zonnetje door de bewolking, precies zoals voorspeld is.
Ik was bang geweest dat ik het niet aankon, eten in Villa Bloemenhof zonder Freddy. Maar gelukkig waren Harold en Jeroen bij mij. Ze begrepen hoe moeilijk het was voor me en boden mij de kans voor het eerst sinds het ongeluk echt over mijn verlies te praten. Tot dan had ik mijn gevoelens voor mijzelf gehouden en nu, zeker met het vooruitzicht dat ik onze teckel, of eigenlijk Freds teckel, terug zou krijgen, werd het makkelijker die gevoelens te delen. Ook zij missen Fred en ze laten zonder terughoudendheid merken dat ze van me houden. Zij kunnen Fred niet vervangen, maar zij zijn de mannen die het dichtst bij mij staan. Zo werd het een bijzondere avond en ik volgde Kathy's advies op en bestelde als dessert het truffelchocoladetaartje, het was inderdaad heerlijk.

We vertrekken ruim op tijd naar Nijmegen, waar we in de lunchroom waar we afgesproken hebben koffie met huisgemaakte appeltaart bestellen als lunch. We zijn op alles voorbereid, ik heb Paddy's favoriete hondenkoekjes en een mooi nieuw halsbandje met zijn riem in mijn tas. Zijn reismandje staat achter in mijn auto, achter het hondenrek. We

hebben mijn oude Volvo 480 genomen, kleiner dan de Saab, maar vertrouwd voor Paddy, alles net als vroeger. Ik kijk om de vijf minuten op mijn horloge. Harold en Jeroen zijn meer ontspannen. Precies om twee uur gaat de deur open en komt Rogier met Paddy aan de riem naar ons toe. Met een plechtig gebaar zet hij Paddy op mijn schoot. 'Voilà, hij is helemaal voor jou.' Hij lacht en geeft ons formeel een hand voor hij gaat zitten. 'De Van Houts hebben mij gevraagd de teckel namens hen te overhandigen. Het is allemaal nogal emotioneel voor Céleste en Robert wilde liever bij haar blijven.' Hij haalt zijn schouders op. 'Zo is het toch in orde?'
Ik aai Paddy en kijk niet op, blijkbaar merkt Rogier aan Harold en Jeroen dat ze niet helemaal tevreden zijn met zijn uitleg en hij herhaalt zijn vraag: 'Het is nu toch in orde?'
'We hadden verwacht dat Robert van Hout ook zou komen. We hebben nog een aantal vragen aan hem.'
'Misschien kan ik die voor hem beantwoorden? Jullie hebben nu toch gekregen wat jullie wilden? Je kan op de koop toe zijn chipnummer nog laten controleren, maar ik zie niet in waarom. Jullie wilden absoluut dit hondje hebben en dat hebben jullie nu gekregen, dus wat is het probleem? De Van Houts gaan een andere teckel kopen voor de vriendin van Céleste's moeder en daarmee is lijkt me de kous af.'
'Niet voor ons,' zegt Harold beslist. Jeroen zegt wat vriendelijker: 'We zijn je heel dankbaar dat je hierin zo goed bemiddeld hebt, Rogier. Fantastisch dat je zoveel tijd en energie hebt gestopt in wat een hopeloze zaak leek. Wil je wat drinken, iets eten, heb je al geluncht?' En met een blik op Harold: 'Het lijkt me het beste dat we je wat meer van de achtergrond vertellen, vind je niet Har?' Rogier antwoordt in zijn plaats: 'Er is niets meer over te vertellen. Die hond is na het ongeluk gaan zwerven, gevonden, heeft een nieuw tehuis gekregen en is toen bij Robert en Céleste terechtgekomen. En ja, graag een pilsje alsjeblieft.'

Ik probeer tevergeefs Harolds aandacht te trekken door heftig nee te schudden. Ik wil voorkomen dat ze hun vermoedens met Rogier gaan delen. Harold doet of hij mij niet ziet en bestelt Rogiers biertje en een fles Spa blauw voor ons. Ik bijt op mijn lip en probeer er nog tegenin te brengen dat Rogier hier mijns inziens niets mee te maken heeft. 'Hij is een goede vriend van Céleste en moet verder niet betrokken worden bij ons onderzoek hoe ze aan Paddy zijn gekomen.'
Ik denk: en onderzoek naar de schuld van haar en haar man aan Freds dood, maar ik houd verder mijn mond.
Rogier kijkt ons stomverbaasd aan. 'Onderzoek?' Fout! Fout, het kwaad is geschied. Ik realiseer mij meteen dat ik helemaal niets had moeten zeggen. Ik friemel wat aan Paddy's halsband. Er zit een naamplaatje op: "Tax". Ik maak het bandje los en pak het meegebrachte halsbandje uit mijn tas.
Rogier dringt aan: 'Wat willen jullie onderzoeken? Er is toch niets geheimzinnigs aan deze zaak? Ze hebben alles daarover verteld.' Hij kijkt geïrriteerd mijn kant op. Jeroen legt beschermend zijn hand op de mijne en richt zich dan bedachtzaam tot Rogier: 'Er is helemaal geen Belgische vriendin van Céleste van Houts moeder die een teckel heeft gevonden en nu een wereldreis maakt. Céleste heeft na het dodelijke ongeluk van Emma's echtgenoot Alfred Verschoor zijn hond Paddy mee naar huis genomen. We weten zeker dat Robert en Céleste dat ongeluk veroorzaakt hebben in hun antieke Minerva en toen doorgereden zijn. We kunnen het alleen niet bewijzen.'
Er valt een stilte, de dranken worden gebracht.
Rogier is geschokt. Hij staat abrupt op. 'Ik geloof je niet.'
Hij loopt zonder te groeten boos het café uit, zijn bier laat hij onaangeroerd staan.

Ik zet Paddy op de grond en stel voor naar huis te gaan. Ik voel me opeens uitgeput en wil het liefst heel rustig thuis

over de gebeurtenissen van de laatste drie dagen nadenken. Ik wil kijken hoe mijn hondje reageert op zijn thuiskomst na een half jaar. Het allerliefst wil ik nu helemaal zonder Harold en Jeroen mijn oude leven weer oppakken. En helemaal nooit meer de namen Robert en Céleste horen.
Maar dat blijkt niet te kunnen. Harold schenkt de Spa in en Jeroen stelt vast dat er nu sprake kan zijn van een doorbraak. 'Onze opmerking kan verschillende gevolgen hebben. Eén: hij belt nu meteen naar Robert en vertelt woedend dat wij Robert beschuldigen van het doodrijden van Fred en het doorrijden erna en we krijgen een proces wegens smaad aan onze broek. Twee: hij komt eerst bij ons terug om opheldering te vragen, hij zal willen weten waar we die onzin vandaan halen. Dan hebben we kans dat hij ons niet gelooft en zijn we weer bij situatie Eén. Mogelijkheid Drie is dat hij er serieus over na gaat denken en gaat twijfelen en dan Robert confronteert met onze beschuldigingen en hem vraagt om opheldering. Met een te verwaarlozen kans dat Robert spontaan bekent. Een laatste mogelijkheid is dat hij ons gelooft en niet naar Robert toe gaat, maar ons gaat helpen om de bewijzen te vinden dat Robert inderdaad schuldig is. Zijn jullie het daarmee eens?'
Ik weiger te antwoorden en houd mijn kaken op elkaar. Harold knikt instemmend en zegt: 'Ik zou ook mikken op een confrontatie met zijn vrouw. Die Céleste is duidelijk de zwakke schakel in het geheel. Zij heeft de hond meegenomen, dat zal echt niet zijn initiatief zijn geweest. Hij neemt haar duidelijk in bescherming en liegt van alles bij elkaar voor haar. Vergeet niet dat hij een slimme kerel is.'
Jeroen is weer de meest praktische van de twee. 'We hebben ons tot nu toe voornamelijk geconcentreerd op het terugkrijgen van Paddy. Die tante en de verhaaltjes van Robert zijn bijzaak. We moeten nu uitzoeken wat er werkelijk 17 november is gebeurd. Waarom reden ze daar eigenlijk met de

Minerva? Waar kwamen ze vandaan, hadden ze gedronken? Wie reed? Allemaal vragen waar we een antwoord op willen hebben en dat kunnen we alleen krijgen als we het zelf vragen of als iemand zoals Rogier dat voor ons vraagt aan de Van Houts.'
'Misschien moeten we toch proberen inzage in het originele proces-verbaal van de politie te krijgen. Emma, wil jij maandag nog eens met die rechercheur praten? De politie heeft toch alle bezitters van grote, brede, zware auto's ondervraagd? Daar zat Robert ook vast bij. En we moeten nog vragen of we het knipselboek van Mariët Janssen mogen bekijken, liefst voor morgenavond.'
Ik sta op, doe Paddy aan de riem en probeer niet overspannen te klinken als ik zeg dat ik meteen naar huis wil.

***

We lopen naar de auto, Harold en Jeroen lopen snel, ik wat langzamer met Paddy aan de riem achter hen. Paddy loopt dicht naast mijn rechtervoet, kijkt af en toe naar me omhoog en het begint eindelijk echt tot mij door te dringen dat we weer helemaal bij elkaar horen, hond en ik. Jeroen vouwt zijn lange lijf op de achterbank, ik zet Paddy in zijn mandje achterin en Harold biedt aan terug te rijden als hij ziet dat ik het toch nog een beetje te kwaad heb.
Bij het tuinhek vraag ik of hij wil stoppen. Ik stap uit en haal Paddy uit de kofferbak en zet hem op de grond. Het eerste wat hij doet is zijn poot optillen tegen het paaltje van het hek om zijn territorium te markeren. Daarna rent hij met blije kefjes de tuin in en herhaalt dit ritueel om de paar meter, tot hij er geen druppel meer uit kan persen. Triomfantelijk loopt hij naar de voordeur en blaft dat hij binnengelaten wenst te worden. Paddy is thuis.
Als het tijd wordt voor een wandelingetje neem ik hem mee

en loop op de terugweg even bij de Janssens binnen om hun mijn hervonden hond te tonen. Mariët gelooft haar ogen niet en wil precies het naadje van de kous weten. Ik vertel in het kort even wat er de laatste drie dagen is gebeurd en vraag dan of we tot morgen haar knipselmap over het ongeluk mogen lenen. Ze begrijpt meteen waar het over gaat. Ik beloof haar morgen tijdens het eten nog meer te vertellen en neem gehaast afscheid.
Thuisgekomen storten Harold en Jeroen zich op de stapel knipsels, keurig gesorteerd op onderwerp en datum. Mariët heeft er zelf opmerkingen bijgeschreven, de perfecte chroniqueur.

Hoofdstuk XXI

Robert zit aan zijn bureau. Hij neemt lusteloos de binnengekomen post door, voornamelijk rekeningen en reclames en twee brieven, waarschijnlijk fanmail voor Céleste, die hij apart legt. Hij loopt de tuin in en betrapt zich erop dat hij het vrolijke gehuppel en gewroet van Tax mist. De zon schijnt, maar door een frisse noordwestenwind is het niet warm. Céleste slaapt nog steeds, heeft niet ontbeten en slaat nu ook de lunch over. Rogier is Tax komen ophalen, was teleurgesteld dat Céleste hem niet kwam begroeten en geen afscheid kwam nemen van haar hondje, maar accepteerde de verklaring van Robert dat ze zich niet goed voelde na de gebeurtenissen van de afgelopen dagen en in bed lag.
Zijn telefoon gaat, hij aarzelt of hij hem zal beantwoorden. Het is Rogier die meldt dat de overdracht goed is verlopen, maar voegt daaraan toe dat de familie krankzinnige beschuldigingen heeft geuit richting hem en Céleste. ‘Ze denken dat jullie betrokken zijn geweest bij dat ongeluk, dat jullie het veroorzaakt hebben en zo aan Tax zijn gekomen. Ik heb natuurlijk gezegd dat het niet waar is. Ik zou maar oppassen, Robert, ze willen je goede naam door het slijk halen. Ik weet niet wat hen bezielt, ze hebben die hond toch terug? Het leken best aardige redelijke mensen.’
Het blijft lang stil voor Robert luchtig antwoordt: ‘Maak je geen zorgen, Rogier. Dit handel ik wel met ze af. Hartelijk bedankt voor je bemiddeling, kom maar gauw eens een pilsje drinken op de goede afloop. Nog een prettige dag, ik zal je groeten aan Céles overbrengen.’ Hij maakt snel een einde aan het gesprek. Dan vloekt hij hartgrondig en stampt onbeheerst een kluitje bloeiende viooltjes dood. Omdat dat niet helpt loopt hij naar binnen en schenkt zichzelf een stevige borrel in. Als hij even later de slaapkamer binnenloopt ziet

hij dat Céleste wakker is. Zijn handafdrukken in haar hals zijn nu blauwpaars verkleurd en vormen een sterk contrast met de blanke huid eromheen. Ze kijkt hem verdrietig aan en hij voelt zich opnieuw onvergeeflijk schuldig.
'Ik heb op internet gekeken, er zijn bij meerdere kennels in Nederland en België jonge ruwharige teckels te koop, in verschillende leeftijden en kleuren. Als je het leuk vindt gaan we er vanmiddag een paar bekijken, goed?'
Ze geeft geen antwoord.

***

De jongens slapen zoals gewoonlijk op zaterdagmorgen lang uit, waardoor Kathy en Sybrand rustig en ongestoord op hun gesprek van de vorige avond kunnen terugkomen. Bij koffie en toast met een gepocheerd eitje overleggen ze hoe ze het probleem Robert/Céleste zullen aanpakken. Sybrand blijft bij zijn plan om Robert laat in de middag te bellen en dan bij hem langs te gaan om hem als vriend zijn hulp en steun aan te bieden. Kathy heeft slecht geslapen en ziet er moe uit, maar haar ogen zijn wijd open en hebben niets van hun felheid verloren.
'Ik heb erover nagedacht en ik ben het natuurlijk met je eens dat we alleen Robert confronteren met onze vermoedens en niet naar de politie gaan als hij ontkent. Maar ikzelf weet zeker dat hij en Céleste dat ongeluk hebben veroorzaakt. Ik wil daarom Emma Verschoor bellen.' Als Sybrand ontsteld zijn hoofd schudt zegt ze: 'Nee, luister nou even. Ik vind dat ze er recht op heeft te weten dat er niets klopt van dat hondenverhaal. Dat wij weten dat Robert en Céles in de Minerva precies op de tijd van het ongeluk op de Zandkant reden. Dat het geen toeval is dat zij Paddy sindsdien in huis hebben gehad. Emma heeft nu haar broer en zijn vriend bij zich om haar te helpen om dingen verder uit te zoeken, of om

meteen zelf naar de politie te gaan. Ik ben bereid te getuigen dat Robert die avond te veel had gedronken, dat Céleste in de Minerva reed en dat de tijden van hun vertrek van Villa Bloemenhof en het ongeluk precies kloppen. En dat we speciaal vanwege die omleiding over de Zandkant hebben gesproken tijdens het eten.'

Sybrand steunt met zijn ellebogen op tafel en legt zijn hoofd in zijn handen. 'Nee Kath, bemoei je er niet mee. Vergeet niet dat het vermoedens zijn en geen feiten die je haar wilt vertellen. Ga haar niet in de war maken, ze heeft al zoveel meegemaakt.'

'Het zijn feiten, Sybrand. Als ze naar de politie gaat en vertelt dat haar hond opeens levend is opgedoken en al die tijd bij de Van Houts is geweest, die langs de plek van het ongeluk reden, naar eigen zeggen vlak vóór het ongeluk plaatsvond, dan vindt er een nieuw onderzoek plaats en vallen ze geheid door de mand. En zij kan beter het initiatief daartoe nemen dan wij als outsiders. Maar we moeten haar wel op het spoor brengen. Dat is gewoon onze plicht.'

Ze discussiëren nog even door en zijn zich er terdege van bewust dat wat ze ook doen, hun vrienden definitief zullen worden geruïneerd. Roberts schitterende carrière als plastisch chirurg en Céleste's kans op een succesvolle filmcarrière naast haar modellenwerk. Daarvoor in de plaats jaren in de gevangenis.

'Ik doe het,' zegt Kathy beslist, 'ik neem als aanloopje het etentje in Villa Bloemenhof gisteravond en vraag dan of ze het hondje al terug heeft en wie er al die tijd voor gezorgd heeft. Als ze dan zelf zegt Robert van Hout, dan doe ik verbaasd en vertel haar dat we die bewuste avond, de 17e november, samen hebben gegeten en dat de Van Houts toen in hun klassieke auto via de Zandkant naar huis zijn gereden. Dat kan toch heel terloops en zal haar zeker aan het denken zetten.'

Tenslotte stemt Sybrand in, onder de voorwaarde dat hij eerst zelf Robert wil spreken, vóór Kathy Emma met haar vermoedens confronteert.

***

Jeroen en Harold hebben de zaterdagmiddag en -avond de krantenknipsels doorgespit en weinig nieuws gevonden. Het blijkt dat het politieonderzoek wel degelijk grondig is gebeurd, er zijn getuigen opgeroepen, alibi's gecheckt, persberichten uitgegeven, allemaal zonder resultaat. De veroorzaker van het ongeluk is niet gevonden en uiteindelijk is het onderzoek afgesloten en de belangstelling ervoor bij de lezers verdwenen. Het hele onderzoek heeft dus niets opgeleverd. Geen enkele concrete aanwijzing richting de Minerva. Aan het eind van de dag zijn ze alle drie doodmoe en teleurgesteld dat ze niets nieuws hebben aangetroffen. Ze staan nog steeds met lege handen. Emma voelt zich na alle vreugde en heftige emoties bij de terugkeer van Paddy uitgeput. De mannen hebben zich gerealiseerd dat ze voor de waarheid bij Robert van Hout zelf moeten zijn. Met hun laatste restje energie hebben ze een lijst opgesteld met lastige vragen voor Van Hout. Daarmee zullen ze hem maandagmorgen confronteren. Het is tijd dat ze zich een kleine rustperiode gunnen en er wordt besloten er de volgende dag een normale, luie zondag van te maken en zichzelf te dwingen zo min mogelijk te denken aan de gebeurtenissen van de afgelopen dagen en aan wat hun nog te wachten staat. Jeroen en Harold laten samen Paddy uit voor zijn avondwandelingetje, Emma zet portglaasjes klaar en zo komt er onder het genot van een troostend drankje een einde aan die veelbewogen dag.

***

Wonder boven wonder vinden we elkaar weer redelijk uitgerust de volgende ochtend aan het ontbijt. Ik heb in alle vroegte Paddy uitgelaten en tref Jeroen zoals gewoonlijk in de keuken aan, druk in de weer met voorbereidingen voor een uitgebreide zondagsbrunch. Harold is ook al op. Natuurlijk komt meteen ons onderzoek naar de toedracht van het ongeluk weer aan de orde. Ik barst in huilen uit en Harold stelt geëmotioneerd voor het onderwerp "Van Hout" nu te laten rusten omdat we vandaag toch niets kunnen ondernemen en pas maandag aan de slag kunnen. 'We dreigen elkaar gek te maken met over niets anders te praten en in kringetjes rond te draaien.'

Dus praten we, aanvankelijk een beetje krampachtig, over prettige dingen: werk, het weer en natuurlijk over eten. Wonderlijk genoeg helpt het. Jeroen begint al vroeg op zijn gemak met de voorbereidingen voor ons etentje met de Janssens. Harold biedt aan de tafel feestelijk te dekken en wrijft om bezig te zijn de kristallen glazen op en gaat met de zilverdoek over het bestek. Paddy en ik doen gewoon helemaal niets. Paddy op mijn schoot en ik met een spannend boek in mijn handen, samen in een luie stoel in de zon.

Op het moment dat ik terugkom van het middagwandelingetje met Paddy gaat de telefoon. 'Voor jou Emmy, een zekere Kathy die we bij het restaurant ontmoet hebben. Ze wil je even spreken.' Ik reageer een beetje verbaasd en hoop dat ze niet nogmaals zal aandringen om mee te gaan naar de Heemkundekringavond. Na wat aardige opmerkingen ter inleiding blijkt dat het iets heel anders is waarover ze me serieus wil spreken. Ik zet de telefoon op handsfree zodat de anderen mee kunnen luisteren als ze begint over de avond van 17 november vorig jaar. Ik zie de opwinding op de gezichten van de mannen groeien. Als ze uitgesproken is bedank ik haar met een schorre stem die niet op de mijne lijkt en leg stil de hoorn neer.

Hoofdstuk XXII

Na Rogiers verontrustende telefoontje heeft Robert zijn mobiele telefoon uitgezet en de vaste lijn op voice mail. Hij probeert zich te concentreren op de beursberichten in de weekendkranten, wat niet lukt. Hij loopt rusteloos van de ene kamer naar de andere, vermijdt aanvankelijk de slaapkamer waar Céleste zich nog steeds heeft teruggetrokken. Ze heeft zich daar als een koningin verschanst, gekleed in een weinig verhullend kanten nachthemdje. Ze bladert leunend op een stapel kussens in een dozijn modebladen, tevreden over haar eigen foto's daarin. Als Robert binnenkomt probeert ze hem te verleiden. Ze klopt uitnodigend naast zich op het bed en strekt haar armen naar hem uit. Hij komt even bij haar zitten, maar bij het zien van de grote paarsblauwe vlek in haar hals alsof ze besmet is, overvalt hem een gevoel van weerzin om haar aan te raken en verontschuldigt zich. 'Straks, nu even niet, schat.'

Moe en moedeloos schenkt hij zich beneden nog een glas whisky in en merkt later dat hij ongemerkt is ingedommeld, hij heeft geen idee hoe lang, het whiskyglas is nog voor de helft vol. Hij bekijkt de gemiste boodschappen in zijn gsm. Hij herkent Sybrands nummer die een paar keer gebeld heeft en aarzelt of hij die meteen zal terugbellen, maar doet het niet. Madeleine heeft ook geprobeerd hem te bereiken. Hij besluit op dat moment Céleste's moeder nooit meer terug te bellen. Verder ziet hij een hem onbekend nummer, al meent hij het wel eens eerder gezien te hebben, maar hij is te moe om uit te zoeken van wie het is.
Later realiseert hij zich dat het Harold Verlindens nummer is. Resoluut sluit hij zijn gsm weer af en loopt naar boven. Céleste doet of ze slaapt. Het bordje met risotto en wilde

bospaddenstoelen, haar lievelingsgerecht dat hij met zorg voor haar heeft klaargemaakt, staat onaangeroerd op haar nachtkastje. Het wijnglas ernaast is leeg. Robert besluit na nog een flink glas whisky de rest van de nacht in de logeerkamer door te brengen.

***

Zondagmorgen doen ze net of er niets gebeurd is. De zon schijnt, Céleste is bijgedraaid, zoals Robert wel verwacht had. Haar buien drijven meestal vanzelf weer over. Ze weet inmiddels heel goed dat er na hun verzoening een verrassing in de vorm van een duur cadeautje volgt. Ze brunchen samen uitgebreid, Céleste nog in haar négligé, buiten op het terras. Céleste is aanhankelijk en vrolijk. Het onderwerp Tax wordt zorgvuldig vermeden. De rust heeft haar goed gedaan, ze is nog niet opgemaakt, maar wel al heel mooi met de ochtendzon op haar blonde haar. Robert ziet er belabberd uit en zegt niet veel na zijn slechte nacht. Dan neemt hij een besluit.

'Céles, liefje, trek je mooiste jurk aan, we gaan uit. Heb je zin om naar Rotterdam te gaan? Heel chic? Zullen we overnachten op de "Rotterdam"? Weet je wel, die luxe hotelboot die in de Maashaven ligt vlak bij Katendrecht, in het centrum van de stad. Ik haal de Minerva, we maken er een feestje van om al dat gedoe van de laatste dagen te vergeten. Oké?' Ze reageert enthousiast op zijn voorstel. Hij weet dat het wel een uurtje zal duren voor ze gedoucht heeft en de juiste robe heeft uitgezocht, gevolgd door eindeloos sjaaltjes proberen die haar hals helemaal bedekken en in kleur bij haar gekozen garderobe passen. Hij scheert zich ondertussen en verkleedt zich. Hij kiest een donkerblauw lichtgewicht zomerpak en wit overhemd van fijne Egyptische katoen en zoekt er een rode zijden das bedrukt met het Minerva-embleem bij uit. Zijn manchetten met gouden manchetknopen komen precies anderhalve centimeter onder de mouwen van zijn jasje uit. Perfect.

Hij rijdt in zijn BMW naar de kliniek, waar het heel stil is en glipt ongezien via de achterdeur naar binnen, loopt meteen door naar zijn spreekkamer waar hij snel iets uit een medicijnkast pakt. Hij vermijdt een eventuele ontmoeting met een van de weinige personeelsleden die weekenddienst hebben en opent achter de kliniek zachtjes de deuren van de loods waar de Minerva in staat. Zoals altijd voelt hij zich jongensachtig opgelucht als hij hoort hoe de machtige motor meteen gevolg geeft aan zijn bevel om te starten. Terwijl hij op weg naar huis tankt en een praatje maakt met de pompbediende, verkeert hij even in een andere wereld zonder problemen.

Céleste ziet er oogverblindend uit. Ze heeft een zwart zijden Chanel-achtig jurkje met korte mouwen aan en heeft om haar hals enkele malen een lange felrode sjaal gewikkeld. Een prachtige antieke broche met in wit goud gevatte diamanten, die van Roberts grootmoeder is geweest en die hij Céleste gegeven heeft toen ze een jaar getrouwd waren, houdt de sjaal op zijn plaats. De uiteinden reiken tot de zoom van haar rok, net boven haar knieën. Bijpassende diamanten oorhangers, lippenstift en nagellak in de kleur van de sjaal en hooggehakte zwartleren backslings voltooien haar tenue. Ze heeft haar haar geföhnd, het hangt los om haar schouders, haar groene ogen stralen. Wat is ze mooi. Robert heeft spijt dat hij haar een uurtje geleden heeft afgewezen.
Voor ze vertrekken geeft Robert zijn vrouw nog een groot glas Spa blauw. Ze drinkt overdag veel water, vooral voor ze ’s avonds uit eten gaan. Volgens haar helpt het om haar slanke lijn te behouden. De zon gaat bloedrood onder, het begint al snel te schemeren. Het belooft een romantische avond te worden.

***

Het is deze zondagavond niet bijzonder druk op de weg. Pas ter hoogte van Ridderkerk gaat het verkeer langzamer vooruit, er is nog geen sprake van een file, al staan al wel de wegwerkzaamheden op de Van Brienenoordbrug aangegeven op grote gele borden en wordt er voor ernstig oponthoud gewaarschuwd. De werkzaamheden zijn al een paar dagen aan de gang en ook tijdens het weekend wordt er hard gewerkt. Een alternatieve route via de A15 richting Europoort, om het centrum van Rotterdam en verderop het Prins Clausplein te bereiken, werd al dagen eerder tijdens de verkeersinformatie na het nieuws geadviseerd. Op de brug is de hele strook noordwaarts afgesloten, wordt van nieuw wegdek voorzien en de vangrails worden aan weerszijden vervangen. Robert heeft zich niets aangetrokken van al die berichten en blijft op de Van Brienenoordbrugroute rijden. Hij kijkt naar Céleste naast hem. Het pilletje voor een roesje dat hij haar gegeven heeft in haar Spaatje werkt. Ze zit diep weggezakt in de leren stoel, een zweempje van een glimlach op haar gezicht, haar ogen gesloten. Als ze stilstaan om te wachten tot het verkeerslicht op groen springt en ze kunnen invoegen op de tegenovergestelde rijbaan draait hij het raam open in het portier aan haar kant. Daarna opent hij het portierraam aan zijn kant. Als het hun beurt is om van baan te veranderen geeft hij opeens vol gas, rijdt de wegversperring aan diggelen, mist op een haar na enkele in geel jack geklede wegwerkers en stormt vooruit. Dan maakt hij een draai van bijna negentig graden, trapt nogmaals het gaspedaal tot op de bodem in en verbrijzelt met de 2000 kilo zware, achterwielaangedreven Minerva met gemak de provisorisch aangelegde hulpvangrail tussen autobaan en fietspad. Hij heeft nog genoeg snelheid om ook het hek aan de buitenkant van de brug te vernielen en duikt tussen twee spijlen die wegdek en boog van de brug verbinden naar beneden.

Ze zweven.
Robert neemt Céleste in zijn armen en fluistert: 'Liefste Céles, hemelse schoonheid, ik hou van je.'
De Minerva raakt met een enorme klap het wateroppervlak.

Als het water van de Nieuwe Maas de open ramen binnenstroomt, klemt Robert van Hout zijn handen om het stuur en voelt zich intens gelukkig: één met zijn rode Minerva 22CV uit 1930.

Uit het crime-fonds van Uitgeverij Ellessy:

Stem!, Marlen Beek-Visser (2015)
De nacht van de wolf, Sandra Berg (2002)
Onder de oppervlakte, Sandra Berg (2004)
Nephila's netwerk, Marelle Boersma (2005)
Stil water, Marelle Boersma (2006)
Roerend goed, Ina Bouman (2004)
Bij verstek veroordeeld, M.P.O. Books (2004)
De bloedzuiger, M.P.O. Books (2005)
Gedragen haat, M.P.O. Books (2006)
Jacht op de Jager, John Brosens (2004)
Duijkers dossiers, John Brosens (2005)
Zwart fortuin, John Brosens (2006)
Dubbel gepakt, John Brosens (2007)
Het spoor van van de Pandora, John Brosens (2008)
Probo Koala, Van Campen (2009)
Skikda, Van Campen (2011)
Superjacht, James Defares (2004)
De beloning, James Defares (2006)
Het rode spoor, Ivo A. Dekoning (2001)
Haarlem Centraal, Rob van Doorn (2014)
Onmenselijke mensen, Rob van Doorn (2015)
Perzikman, Frans van Duijn (2002)
Engel, Frans van Duijn (2003)
Maniak, Frans van Duijn (2004)
Costa Killer, Pim Faber (2008)
Dwaalgast, Pim Faber (2010)
De val van '74 , Pim Faber (2012)
Buitenspel, Nanne Harkema (2010)
Eigen richting, Jan van Hout (1997)
In andermans huid, Jan van Hout (2000)
Dummy, Jan van Hout (2001)
Frontstore, Jan van Hout (2003)

Eindspel, Jan van Hout (2009)
Coke en gladiolen, Will Jansen (2001)
Het teken van de uil, Berend Jager (2005)
Struikelbank, Sybren Kalkman (2012)
Vanwege de hond, Tom Kamlag (2004)
Het witte paard, Tom Kamlag (2006)
Blog, Tom Kamlag (2006)
Vuurvrouw, Anna Kelders (2011)
Bloed op het Binnenhof, Martin Koomen (2004)
Kleine koude oorlog, Martin Koomen (2006)
D-trein uit Warschau, Martin Koomen (2010)
Het dode punt, Martin Koomen (2011)
Haagse blubber, Martin Koomen (2012)
Moord in de Walburcht, Martin Koomen (2013)
De connectie, Jan Kremer (1997)
De ingreep, Jan Kremer (1999)
De misleiding, Jan Kremer (2003)
Leugens!, Guido van der Kroef (1999)
Waanzin!, Guido van der Kroef (2000)
Hebzucht!, Guido van der Kroef (2001)
Moordlied, Guido van der Kroef (2002)
Het uur Z, Guido van der Kroef (2004)
A Hell of a Day, Guido van der Kroef (2006)
Moordstad, Guido van der Kroef (2008)
Kobuk, Jorge Madera (2007)
Het Plato paradigma, Ep Meijer (2009)
De vlucht, Ep Meijer (2010)
Complot Sebastiaan, Jack Molenaar (2013)
Onderstroom, Mary Morgan (2010)
Nacht zonder einde, Mary Morgan(2011)
De boogschutter, Ingrid Mulder (2009)
Als de dag van toen, Ingrid Mulder (2010)

Broederdienst, Ingrid Mulder (2013)
Lonely boy, Gerard Nanne (2014)
Dodenmis, Gerard Nanne (2015)
Het lied van de lijster, Gerard Nanne (2002)
Moederdier, Gerard Nanne (2003)
De reigerman, Gerard Nanne (2004)
Zonder spijt, Gerard Nanne (2005)
De poldermoorden, Gerard Nanne (2006)
Fatale zoektocht, Gerard Nanne (2007)
Het stille kwaad, Gerard Nanne (2008)
De man van Imelda, Gerard Nanne (2009)
Voor het laatst gezien, Gerard Nanne (2010)
Zwanendrift, Gerard Nanne (2011)
Moordzomer, Gerard Nanne (2013)
Lonely boy, Gerard Nanne (2014)
Dodenmis, Gerard Nanne (2015)
Inside/outside, Jan Nieuwenhuis (2013)
Benauwd, Alexander Sascha Oppenberg (2013)
Zusjesliefde, Lia Peters (2011)
Het geduld van Luik, Leo Plukvis (2013)
Eindhalte Hamdorff, P.J. Ronner (2002)
Schoon schip, Gerry Sajet (1999)
Laatste trein, Gerry Sajet (2001)
Zand erover, Gerry Sajet (2002)
Troebel water, Gerry Sajet (2003)
Gelijke munt, Gerry Sajet (2005)
Blind toeval, Gerry Sajet (2007)
Schone schijn, Gerry Sajet (2009)
Aanslag op het Vaticaan, Henk Scheermeijer (2010)
Virtuele tango, Melissa Skaye (2013)
Verboden tranen, Melissa Skaye (2014)
Glad ijs, Willemien Spook (2000)
Cremation criminelle, Toet & de Best (2014)
Basuko, Herman Vemde (2001)

Sarin, Herman Vemde (2002)
Oranjebom, Herman Vemde (2004)
Harry's dubbelspel, Herman Vemde (2005)
Tequila sunrise, Herman Vemde (2007)
Dame Blanche, Herman Vemde (2009)
Dossier Trapani, Herman Vemde (2012)
Bloedspoor, Herman Vemde (2015)
Het hoofd, Jacob Vis (1994)
De bidsprinkhaan, Jacob Vis (1994)
De infiltrant, Jacob Vis (1995)
,*De Jacobijnen*, Jacob Vis (1997)
Wetland, Jacob Vis (1998)
Morren, Jacob Vis (2001)
Brains, Jacob Vis (2002)
De muur, Jacob Vis (2003)
Barabbas, Jacob Vis (2004)
"Wij...", Jacob Vis (2005)
Het rijk van de bok, Jacob Vis (2007)
Prins Desi (herdruk), Jacob Vis (2008)
De Scheepsbouwer, Jacob Vis (2008)
De erfgename, Jacob Vis (2009)
De imker, Jacob Vis (2010)
De zwarte duivel, Jacob Vis (2014)
De professor, Jacob Vis (2015)
Moeders mooiste, Anne Winkels (2002)
Deadline, Anne Winkels (2006)
Ongeluk, Agathe Wurth (2005)
De Maasmoorden, Agathe Wurth (2007)
De verschijning, Agathe Wurth (2011)
De Minerva Moord, Agathe Wurth (2015)